Adolf Rosenberg

E. von Gebhardt

Liebhaber-Ausgabe

Adolf Rosenberg

E. von Gebhardt
Liebhaber-Ausgabe

ISBN/EAN: 9783743309326

Hergestellt in Europa, USA, Kanada, Australien, Japan

Cover: Foto ©Raphael Reischuk / pixelio.de

Manufactured and distributed by brebook publishing software (www.brebook.com)

Adolf Rosenberg

E. von Gebhardt

Liebhaber-Ausgaben

Künstler-Monographien

In Verbindung mit Andern herausgegeben

von

H. Knackfuß

XXXVIII

E. von Gebhardt

Bielefeld und Leipzig
Verlag von Velhagen & Klasing
1899

E. von Gebhardt

Von

Adolf Rosenberg

Mit 95 Abbildungen nach Gemälden und Zeichnungen

Bielefeld und Leipzig
Verlag von Velhagen & Klasing
1899

Von diesem Werke ist für Liebhaber und Freunde besonders luxuriös ausgestatteter Bücher außer der vorliegenden Ausgabe

eine numerierte Ausgabe

veranstaltet, von der nur 50 Exemplare auf Extra-Kunstdruckpapier hergestellt sind. Jedes Exemplar ist in der Presse sorgfältig numeriert (von 1—50) und in einen reichen Ganzlederband gebunden. Der Preis eines solchen Exemplars beträgt 20 M. Ein Nachdruck dieser Ausgabe, auf welche jede Buchhandlung Bestellungen annimmt, wird nicht veranstaltet.

Die Verlagshandlung.

Druck von Julius & Wittig in Leipzig.

Eduard von Gebhardt. Nach dem Gemälde von Hugo Crola.
In der Kunsthalle zu Düsseldorf.

Eduard von Gebhardt.

Kein anderer Zweig der modernen Kunst hat einen so schweren Kampf mit der Überlieferung zu bestehen, wie die religiöse Malerei. Während die Kunst im allgemeinen, die bis zu den Stürmen des dreißigjährigen Krieges, die alle Kultur von Grund aus vernichtet haben, auch bei uns ein Lebensbedürfnis gewesen war, jetzt nur noch einer mühsam aufgezogenen und sorgfältig gehüteten Zierpflanze gleicht, hat die religiöse Malerei immer noch das Vorrecht, nicht mit dem nüchternen Verstande beurteilt, sondern mit dem Herzen erfaßt und nachempfunden zu werden. Ein Genrebild, eine Landschaft kann auch unter den Anhängern entgegengesetzter Kunstanschauungen der Gegenstand einer ruhigen Prüfung werden, die zu einem sicheren und beide Teile befriedigenden Ergebnis führt. Ein Bild religiösen Inhalts wird aber für jeden religiös denkenden oder empfindenden Menschen sofort zur Herzenssache, die ihn je nach der Stärke oder der Art seines religiösen Bekennens dazu drängt, eine bestimmte Stellung einzunehmen. Die naive Empfänglichkeit, die die Gläubigen des Mittelalters den der kirchlichen oder häuslichen Andacht dienenden Bildern und Bildwerken entgegenbrachte, ist unter der Einwirkung der Reformation, die dem deutschen Volke zuerst die Notwendigkeit des bewußten Glaubens zur Gewissenspflicht machte, allmählich einer sinnenden Betrachtung gewichen, die begreifen und verstehen will. Und zwar wurde nicht bloß diesseits, sondern auch jenseits der Alpen durch das Reformationswerk ein Umschwung in der Stellung des schaffenden Künstlers wie des sein Schöpfung betrachtenden und genießenden Laien zu der religiösen Malerei herbeigeführt. Die Gegenreformation, die alsbald in Italien ihr Haupt erhob und alle freiheitlichen Bewegungen in der kirchlichen Hierarchie gewaltsam unterdrückte, gesellte auch die Kunst zu ihren Machtmitteln. An die Stelle reiner, edler Menschlichkeit, mit der noch Raffael seine göttlichen und heiligen Gestalten bekleidet hatte, setzten die Künstler, die dem Dienste der alten Kirche treu blieben, entweder die Glorie himmlischer Majestät und überirdischer Unnahbarkeit oder die finstere Glut eines ekstatischen Fanatismus und einen die Sinne verwirrenden Mysticismus, die die Gläubigen zu willenlosen Opfern oder Werkzeugen der Kirche machten. So ist es in den romanisch-katholischen Ländern bis auf die Gegenwart geblieben.

Im protestantischen Norden, besonders in Deutschland, veränderte sich nach Beendigung des Reformationswerkes mehr und mehr die Stellung des Laien zum religiösen Kunstwerk, wie zugegeben werden muß, nicht zur Förderung der religiösen Kunst. Aus der inbrünstigen Hingabe, die eine Kunstschöpfung als etwas schlechthin Verehrungswürdiges aufnahm, ohne nach ihrem Urheber zu fragen, wurden Wißbegier und Forschungstrieb. Die Befriedigung der Andacht war nicht mehr das letzte Ziel. Man wollte auch wissen, wem man diese Andacht zu verdanken hatte, man forschte nach dem Künstler, und man lernte auch bald, sein Werk mit den Werken anderer Künstler zu vergleichen. Um die Zeit freilich, als die Reformation ihre ersten befreienden Thaten vollbrachte, hatte die religiöse Kunst in Italien wie in Deutschland einen Höhepunkt erreicht, der nach menschlichem Ermessen auch ohne die Religionsstreitigkeiten nicht überboten worden wäre. In Italien hatte Raffael dem formalen Idealismus der romanischen Rasse eine vollendete Verkörperung gegeben; in Deutschland hatte Dürer das tiefinnerliche Empfinden, die Gemütswärme und die stille Befriedigung des germanischen Volkes an der traulichen Häuslichkeit und dem alle sittlichen Kräfte stärkenden Familienleben in seinen Darstellungen aus dem Leben der heiligen Familie, das für uns Deutsche vorbildlich geworden ist, so vollkommen veranschaulicht, daß seinen Nachfolgern nichts mehr zu thun übrigblieb.

Die Bedeutung der künstlerischen Persönlichkeit muß freilich bei Raffael wie bei Dürer sehr hoch veranschlagt werden. Geister, wie diese, bringt die Natur trotz ihrer unversieglichen Schöpferkraft nur sehr wenige hervor, aller hundert Jahre wohl nur einen. Sie sind meist Bahnbrecher und Vollender zugleich, und darum glauben wir, daß auch ohne die fast völlige Vernichtung aller geistigen Kultur, die der dreißigjährige Krieg über Deutschland gebracht hat, die religiöse Malerei trotz Dürer und Holbein abgestorben wäre. Eine Erneuerung und wirkliche Erhöhung hat sie auch in dem von keinem das ganze Land gleichmäßig verheerenden Kriege heimgesuchten Italien nicht erlebt. Sie ist auch dort allmählich abgestorben, weil es an Künstlern fehlte, die die Kraft hatten, sich aus dem Bannkreis der kirchlichen und künstlerischen Überlieferung in die völlige Freiheit künstlerischer Auffassung zu retten.

Im katholischen Deutschland war die religiöse Malerei im XVII. und XVIII. Jahrhundert entweder in die Hände von schnell fertigen Künstlern geraten, die immer noch auf die von den Jesuiten beschützte, die Sinne verwirrende dekorative Wirkung hinarbeiteten, oder in die Hände von wackeren Handwerkern, die sich gelehrig in die Kunstgriffe ihrer künstlerischen Oberen hineingefunden hatten. In den protestantischen Landesteilen Deutschlands war die religiöse Kunst ganz gestorben. Man begnügte sich mit den Überresten, die aus Kriegs- und anderen Nöten gerettet worden waren, ein Bedürfnis zu künstlerischem Schmuck in Bildern wurde aber nicht empfunden. Als dann zu Anfang unseres Jahrhunderts mit dem Wiedererwachen der Kunst, die sich durch engen Anschluß an klassische Vor-

Abb. 1. Studie nach der Mutter des Künstlers.
Für eine Kreuzigung Christi gemalt.

Abb. 2. Jugendporträt Eduard von Gebhardts.
Selbstbildnis um 1856.

bilder zu neuem Leben emporzuringen suchte, auch eine Wiederbelebung und Erneuerung der religiösen Malerei angestrebt wurde, hatte diese die isolierte Stellung, die sie in der Vergangenheit eingenommen, längst verloren, und sie wurde als „Fach" den übrigen Fächern der Malerei gleich geordnet. Immerhin erhob sie sich, dank der Begeisterung und dem glühenden Eifer einiger Künstler, die zu den besten unseres Volkes gehören, während der ersten Hälfte unseres Jahrhunderts zu einer Blüte, die eine gewisse Dauer verhieß. Sie verdankte diese Blüte aber nicht einer Erneuerung von innen heraus, sondern, wie die ganze Kunstrichtung jener Zeit, nur dem äußeren Anschluß an die Antike und an die Meister des XV. und XVI. Jahrhunderts. Während Cornelius und Führich, ein jeder nach seiner Art, anfangs an die Überlieferungen der deutschen Kunst, insbesondere an Dürer, anknüpften, hielten sich Overbeck, Veit, Steinle, Schnorr von Carolsfeld und andere an die umbrisch-florentinischen Vorgänger Raffaels und an diesen selbst. Aber diese Künstler sind - man kann sich diese Thatsache nicht mehr verhehlen — in der Mehrzahl dem Volke fremd geblieben. Nur Schnorr hat sich durch sein Bibelwerk eine Zeitlang in religiös gesinnten Familien behauptet. Neben und nach ihm hat noch Karl Gottfried Pfannschmidt, der in Berlin gelebt und zumeist für das protestantische Deutschland geschaffen hat, den durch das Studium Raffaels gemilderten und geläuterten Stil des Cornelius bis in die achtziger Jahre hinein gepflegt, freilich nur zur Erbauung einer kleinen Gemeinde.

Die moderne Zeit verlangte auch zur Verstärkung ihres religiösen Gefühls starke sinnliche Mittel. Sie wurden zuerst in Frankreich gefunden, wo neben der alten, idealistischen und spiritualistischen Richtung, die besonders Ingres, Ary Scheffer und

Hippolyte Flandrin verraten, bald auch eine historisch-realistische auskam. Die französischen Maler hatten den Orient kennen gelernt und aus dem Studium des orientalischen Volkslebens urplötzlich die Überzeugung gewonnen, daß die Bewohner von Syrien und Palästina, vornehmlich die Araber, seit der Zeit, wo Christus auf Erden wandelte, ihre Trachten, Sitten und patriarchalischen Gewohnheiten nicht wesentlich geändert hätten und daß man sie nur nachzubilden brauchte, um ein richtiges Bild aus einer vor fast zwei Jahrtausenden versunkenen Vergangenheit zu gewinnen. Horace Vernet war der erste gewesen, der diese in vielen Punkten gewiß richtige Beobachtung künstlerisch verwertete, und er hat sehr viele Nachfolger gefunden, die sich weiter abmühten, die Gestalten der biblischen Geschichten, insbesondere die des Neuen Testaments als Motive für Genrebilder zu benutzen oder zum Mittelpunkte realistischer Landschaften zu machen. Das religiöse Gefühl kommt dabei nicht bloß zu kurz, sondern es wird auch nicht selten tief verletzt und beleidigt, da sich mehr und mehr die Absicht vordrängt, die Gestalten der heiligen Geschichten auf das niedrigste menschliche Niveau herabzudrücken, sie jeder verehrungswürdigen Eigenschaft zu entkleiden und sie damit jeder, auch der abfälligsten und hohnvollsten Kritik preiszugeben. Für den, der die Kunst als eine schrankenlos waltende Macht betrachtet, ist dieses rücksichtslose Vorgehen eine selbstverständliche Notwendigkeit. Es könnte auch dazu führen, die religiöse Kunst völlig zu vernichten, wenn die geheimnisvollen Mächte des Idealismus, die bisher die Bewegung der Kunst nach einem unverkennbaren Gesetz bald gefördert, bald gehemmt, immer aber geregelt haben, nicht auch in dieser Verwirrung religiöser und künstlerischer Neigungen sichtbar wären.

Schon damals, als Horace Vernet den Realismus der Örtlichkeit, der Rassen und Trachten auf die biblischen Figuren übertrug, traten ihm viel größere Künstler entgegen, die, mit noch reicherem Aufwand des Kolorits, an dem alten Idealismus festhielten und damit auch die tiefe Innerlichkeit des religiösen Gefühls verbanden, die den Orientmalern, die die biblische Ge-

Abb. 3. Eduard von Gebhardt.

schichte nur zum Vorwand für ihre Versuche nahmen, ganz und gar fehlten. Diese Reaktion gegen den seelenlosen Realismus stand gerade in Blüte, als zu Ende der vierziger und in den fünfziger Jahren viele deutsche Künstler nach Paris gingen, weil sie glaubten, daß man das richtige Malen Beweinung des Leichnams Christi, die man zur Zeit ihres Erscheinens als Marksteine in der Entwicklung der neueren religiösen Malerei betrachtete, und auch in den mit Recht hoch geschätzten, durch Nachbildungen weit verbreiteten Gemälden Heinrich Hofmanns, dem zwölfjährigem Christus im

Abb. 4. Wilhelm Sohn. Gezeichnet am 27. November 1861.

nur dort lernen könne. Von dort brachten einige von ihnen neben der Kunst eines zu hohem Glanze und tiefer Kraft gesteigerten Kolorits auch jene erhabene Auffassung der heiligen Gegenstände mit, die die Mehrzahl der französischen Künstler dem vermeintlich historischen Realismus entgegensetzten. Unter diesen Einflüssen entstanden u. a. die Auferweckung von Jairi Töchterlein von dem Berliner Gustav Richter und Feuerbachs Tempel, der Predigt Christi am See und der Ehebrecherin vor Christo, und in den zahlreichen Bildern von Plockhorst waltet das Bestreben vor, eine idealistische Charakteristik mit dem modernen Realismus der Farbe zu verbinden. Auf diesem Wege wurde sowohl eine volle Befriedigung des Schönheitsgefühls erreicht, als auch dem religiösen Bedürfnis nach Erbauung und Erhebung genügt. Aber ein vorher noch nicht betretener Weg, der zu einer völligen Erneuerung der religiösen Malerei hätte führen können, war damit nicht gefunden worden.

Ihn zu eröffnen, gelang einem aus dem deutschen Teile Rußlands eingewanderten Künstler, der sich zuerst zu Ende der sechziger Jahre von Düsseldorf aus durch seine tiefe, völlig eigenartige und nie zuvor gesehene Auffassung der heiligen, besonders der evangelischen Geschichten bekannt machte und seitdem während einer mehr als dreißigjährigen Thätigkeit durch die Tiefe seiner Empfindung, die Stärke seiner eigenen Begeisterung, die er auch anderen mitzuteilen wußte, und vor allem durch seine große künstlerische Kraft auch diejenigen für sich gewonnen hat, die anfangs über der befremdlichen realistischen Erscheinungsform den inneren, echt religiösen Kern übersahen.

* * *

Eduard von Gebhardt wurde am 1./13. Juni 1838 im Pastorat zu St. Johannes in Esthland als Sohn des Propstes und Konsistorialrats Th. F. von Gebhardt geboren. Bis zu seinem zwölften Jahre wuchs er in einer streng orthodoxen Umgebung auf, der zwar der Christus der evangelischen Geschichte der Mittelpunkt und Eckstein eines festensten, von keinem rationalistischen Zweifel angekränkelten Glaubens war, der es aber im übrigen nicht an geistiger Regsamkeit und Beweglichkeit fehlte. Den Vater lernen wir aus einem Bildnis kennen, das der Sohn bei einem Besuch in der Heimat 1862 zeichnete. Danach macht er den Eindruck eines klugen Mannes, der mit sich, mit der Welt und seinem Gott ins reine gekommen ist und der daraus den Gewinn einer behaglichen Freude am Dasein gezogen hat. Anders die Mutter, eine stille, empfängliche, sensitive Natur, wenn man nach einer Studie urteilen darf, die ihr Sohn, als ein bereits fertiger Maler, um 1866 im Hinblick auf eine Kreuzigung ausführte, die ihn damals beschäftigte, aber ungemalt blieb (Abb. 1). Erst mehrere Jahre später gab diese Studie den Anlaß zu der Kreuzigung, die sich jetzt in der Kunsthalle zu Hamburg befindet. Eines regen Geisteslebens, das nur anders geartet war, als das des Vaters, war aber auch sie teil-

Abb. 2. Wilhelm Sohn malt an seinem Bilde „Konsultation beim Rechtsanwalt".
Nach einer Zeichnung.

haftig. Eduard von Gebhardt hat es selbst bezeugt, indem er einmal nach seinen Erinnerungen von den Eindrücken seiner ersten Jugendjahre erzählte: „Ich habe das Glück gehabt, unter Menschen aufzuwachsen, deren Mienenspiel merkwürdig ausgebildet war... In den Gesichtern meiner Mutter, Tante und Schwestern konnte man förmlich lesen. Meiner Tante, die mich unterrichtete, konnte man die französischen Vokabeln fast vom Gesicht ablesen. Es machte mich aber auch zerstreut; ich weiß noch, daß ich als sechsjähriger Junge mich auf das Plusquamperfekt nicht besinnen konnte, weil ich abwechselnd die Sorgenfalte ihrer Stirn, die zitternden Lippen und die brennenden Augen ansehen mußte. Was würde aus den Augen herauskommen, wenn man da hineinsieht? Der Gedanke lag mir deshalb nahe, weil mein Vater, wenn ein Schaf geschlachtet wurde, ein Auge kommen ließ, es zerlegte, um uns die Bestandteile zu erklären. Ich weiß noch, daß meine Mutter, wenn eine Predigt gelesen wurde und zufällig Besuch da war, die Tante so setzte, daß die Fremden sie nicht sehen konnten: man hätte denken können, sie wollte die Predigt mit Gesichterschneiden parodieren." Der Künstler hat gewiß recht, wenn er seine scharfe Beobachtungs- und Charakterisierungsart, das lebhafte, innere Anteilnahme bekundende Mienenspiel, das alle, auch die unbedeutendsten Gestalten auf seinen figurenreichen Kompositionen beherrscht, auf diese Eindrücke seiner Jugend zurückführt.

Mit zwölf Jahren verließ E. von Gebhardt das Elternhaus, um die dort empfangene Schulbildung durch den Besuch des Gymnasiums in Reval zu erweitern. Es war die Zeit des Krimkrieges, und als dieser eine für Rußland so ungünstige Wendung nahm, daß die Engländer die Blockade von Reval unternehmen konnten, mußten die Schulen geschlossen werden. Inzwischen hatte sich in dem Jüngling der Kunsttrieb so mächtig geregt, daß der Vater, der den Sohn in der Heimat nicht müßig sehen wollte, ihm gestattete, nach Petersburg zu gehen

Abb. 6. Studentenkopf 1862

und auf der dortigen Akademie seine Kunststudien zu beginnen. Ein reges Leben herrschte in dieser Anstalt nicht. E. von Gebhardt rühmt von dem Unterricht aber doch, daß wenigstens das Aktzeichnen mit großer Sorgfalt betrieben wurde, und der junge Mann scheint davon auch ziemlich viel profitiert zu haben. Im großen und ganzen war es freilich nicht viel, was der Kunstjünger nach dreijährigen eifrigen Studien mitnahm, als er sich entschloß, Petersburg zu verlassen und, wie damals noch die meisten russischen Maler, auch die Nationalrussen, seine weitere künstlerische Ausbildung in Deutschland zu suchen. Es war im Jahre 1858. Ein wohl noch in Petersburg gezeichnetes Selbstbildnis zeigt uns, was er um jene Zeit ungefähr konnte. Es ist die Arbeit eines schüchternen, zaghaften Anfängers; aber das eigentlich Charakteristische im Antlitz, wenn man bei einem zwanzigjährigen Jüngling überhaupt schon davon sprechen kann, ist doch mit sicherer Hand herausgehoben und festgehalten. Das wird besonders deutlich, wenn man dieses Jugendbildnis (Abb. 2) mit dem Bildnis des Künstlers

aus der Zeit seiner reifen Mannesjahre
(Abb. 3 und unserem Titelbilde vergleicht,
das ein von dem hervorragendsten und geist-
vollsten Bildnismaler der neueren Düsseldorfer Schule, Hugo Crola, gemaltes Por-
trät wiedergibt.

Das erste Reiseziel des jungen Künstlers
war Düsseldorf, das damals immer noch
eine große Anziehungskraft auf die Aus-
zuerst die alten flandrischen Meister, die
van Eyck und ihre Schüler kennen, deren
tief in heimischer Erde wurzelnde Kunst ihn
später so stark beeinflussen sollte. Von da
begab er sich über Wien und München nach
Karlsruhe, wo er sich vorerst niederließ und
an der dortigen Kunstschule unter der Leitung
des Geschichtsmalers Descoudres, der sich
besonders durch religiöse Bilder bekannt

Abb. 7. Christi Einzug in Jerusalem 1863.

länder ausübte, obwohl der Landschafts-
maler J. W. Schirmer und Karl Friedrich
Lessing, zwei Häupter der von der Akademie
unabhängigen Künstler, nach Karlsruhe über-
gesiedelt waren und eine Anzahl der jüngeren
Künstler mit sich gezogen hatten. Düsseldorf war zunächst für Eduard von Gebhardt
nur ein Durchgangspunkt. Nachdem er sich
über die dortigen Kunstverhältnisse unter-
richtet hatte, machte er eine Reise durch
Belgien und Holland, und hier lernte er
gemacht hat, zu malen anfing. Bald scheint
er aber eingesehen zu haben, daß er in
Karlsruhe, trotz seines Fleißes, nicht die
richtige Förderung fand, und nach zwei
Jahren (1860 ging er zum zweitenmale
nach Düsseldorf. Hier schloß er sich, ver-
anlaßt durch seinen Freund, den Genremaler
Julius Geertz, an Wilhelm Sohn an, den
vortrefflichsten Lehrer, den Düsseldorf zu
jener Zeit besaß, obwohl er mit der Akademie
in keiner Verbindung stand, und der beson-

ders wegen seiner ausgezeichneten Maltechnik eine starke Anziehungskraft auf die Künstlerjugend ausübte. Es wird allgemein versichert, daß er die schwierige Kunst verstand, E. von Gebhardts, der bald aus dem dankbaren Schüler ein Freund seines verehrten, nur um sieben Jahre älteren Lehrers wurde, führt uns den wohlwollenden, allen Wegen

Abb. 7. Auferweckung von Jairi Töchterlein

seine Schüler zu leiten, ohne ihrer Individualität den geringsten Zwang anzuthun. Nichts schätzte er an einem seiner Schüler höher, als wenn einer irgend etwas Eigenes wollte und anstrebte. Eine Zeichnung seiner Schüler mit liebevoller Teilnahme und Förderung folgenden Mann vor, der schließlich, besonders nachdem er nach langem Widerstreben 1874 Professor an der Akademie geworden war, so völlig in seiner Lehr thätigkeit ausging, daß seine eigene künstlerische Produktion darüber ganz und gar ins Stocken geriet (Abb. 4). Welch ein Unterschied zwischen dem fast dilettantischen Jugendbildnis von 1858 und diesem mit Wärme und Liebe durchgeführten Bildnis, das intime Auffassung mit freier, zeichnerischer Behandlung verbindet, die damals

Künstler hat Eduard von Gebhardt in einer Zeichnung aus dem Jahre 1866 festgehalten, die die Grundlage zu einem echt Düsseldorfer Genrebilde hätte abgeben können: im Vordergrunde sitzt Wilhelm Sohn und arbeitet emsig an dem Bild „die Konsultation beim Rechtsanwalt", das sich jetzt im Städtischen Museum in Leipzig befindet, und im Hintergrunde links sieht man auf der Staffelei einen Teil des großen Altarbildes mit der Kreuzigung Christi, das Gebhardt in derselben Zeit für den Dom zu Reval malte (Abb. 5).

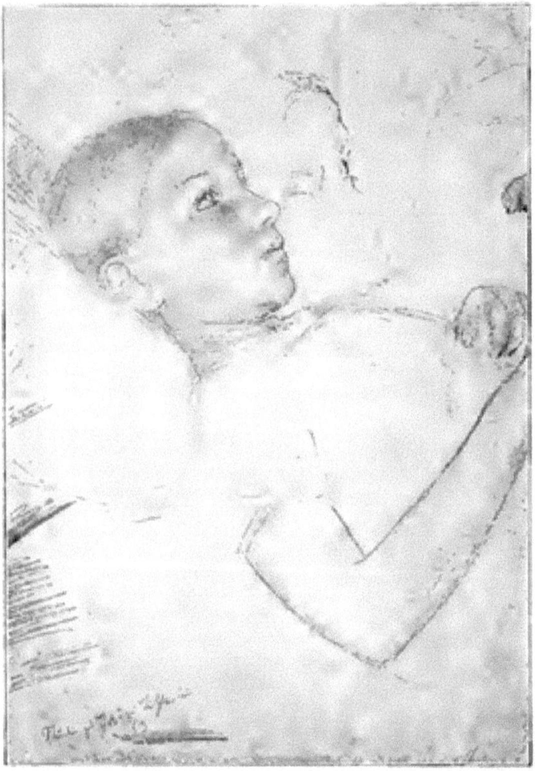

Bis zur Zeit, wo Eduard von Gebhardt durch Wilhelm Sohn in eine andere Natur- und Kunstanschauung und vornehmlich in das zeichnerische und malerische Handwerk eingeführt wurde, hatte er sich in seinen ersten Kompositionsversuchen ganz an die strenge Formensprache der Nazarener gehalten. Aber ihre konventionelle Behandlung der Figuren, ihr Mangel an individueller Charakteristik widerstrebten ihm, weil er nur durch Individuen, die er der Wirklichkeit entnommen, die Empfindungen, die seine Seele erfüllten, ausdrücken zu können glaubte. Ein 1862 gemalter Studienkopf (Abb. 6) ist neben mehreren anderen ein Beweis dafür, daß es der junge Künstler schon damals sehr ernst mit der Individualisierung nahm. Er sah auch bald ein, daß zu solchen Köpfen, wie er sie seiner Umgebung, seinen deutschen Stammesgenossen entnahm, die feierlich stilisierten, jeder historischen Wirklichkeit entfremdeten Gewänder der Nazarener ganz und gar nicht paßten. Nachdem er sich einmal entschlossen hatte, Menschen darzustellen, die das Leben mit allen Freuden und Trangsalen durchkosteten und durchlitten, konnte er auch nicht anders thun, als sie in Trachten zu kleiden, die irgend einer Periode der Geschichte angehörten. Der Gedanke, die Trachten seiner Zeit zu wählen, stieg schon damals in ihm auf.

Abb. 9. Studie zu der „Auferweckung von Jairi Töchterlein" (s. das Bild S. 11).

für das höchste zulässige Maß in der Porträtmalerei galt. Die Intimität der Auffassung hat Eduard von Gebhardt freilich in späteren Jahren noch erheblich gesteigert, besonders nachdem er zu Wilhelm Sohn in so nahe Beziehungen getreten war, daß sie beide in einem gemeinschaftlichen Atelier malten. Eine auch für die Kunstgeschichte bedeutungsvolle Episode aus dieser räumlich zusammenhangenden und doch geistig und stofflich weit auseinander liegenden Thätigkeit der beiden

Abb. 11. Studienkopf vom 1866

son Christi in ihrer legendenhaften Erscheinung an weltlichen Festen, an Gastmählern und dergleichen teilnimmt, als einziger ernsthafter Gast in der Mitte von Männern und Frauen in Gesellschaftstoilette nach der neuesten Mode, die mit gut gespielter Zerknirschtheit, mit fadem Lächeln oder gar mit unverhohlener Abneigung den Worten des Herrn zuhören. Andere wieder haben die Kreuztragung und die Kreuzigung Christi zu Vorwänden genommen, um alle Sünden und Schäden unserer Zeit mit der heiligen Person in Verbindung zu bringen. Wir haben gesehen, wie sich Dirnen und Wüstlinge, die eben von einem wilden Gelage heimgekehrt waren, in der Menge der Zuschauer breit machten, die auf beiden Seiten den Weg des sein Kreuz gen Golgatha schleppenden Heilands umdrängen

Aber er wies ihn energisch von sich ab, weil er darin eine Entweihung der heiligen Geschichten sah, die uns von den Vätern überliefert worden sind. Wenn ein solcher Gedanke bis zu seinen letzten Folgerungen durchgeführt würde, könnte es einmal vorkommen, daß ein Maler, wie Eduard von Gebhardt später selbst gesagt hat, eine Kreuzigung Christi darstellte, bei der moderne preußische Soldaten die Wache halten. Was dem jungen Düsseldorfer Künstler damals fast als ein Frevel erschien, ist dreißig Jahre darauf beinahe zur That geworden. Wenn wir auch bis jetzt noch nicht eine Kreuzigung unter der Aufsicht moderner Soldaten gesehen haben, so sind die Franzosen dafür mit Darstellungen gekommen, auf denen die Ver-

Abb. 12. Südtiroler Bauer

ten, wir haben geſehen, wie der Kreuzeshügel mit dem ſterbenden Heiland von den wütenden Horden moderner Socialiſten umtobt wurde, die zuvor eine im Hintergrund ſichtbare Fabrikſtadt in Brand geſteckt hatten. Wir haben aber auch geſehen, daß dieſe Auswüchſe krankhafter Phantaſien nur kurze Zeit ein ebenſo krankhaft veranlagtes Publikum gefunden haben, das nach ſchneller Überſättigung auch ſchnell zu neuen Erregungen ſeiner Blaſiertheit übergegangen iſt.

Eduard von Gebhardt hat ſich in ſeiner robuſten Geſundheit, in ſeiner klaren Erkenntnis von der Notwendigkeit des Zuſammenhanges zwiſchen nationaler Kunſt und heimiſchem Nährboden den Schmerzensweg erſpart, den weniger beſonnene Revolutionäre gegangen ſind. Er hat ſich über den Weg, den ſeine Kunſt nach langem Ringen ein-

Abb. 15. Litthauiſcher Bauer. Studienkopf (1869).

geſchlagen, volle Rechenſchaft abgelegt, und darum iſt er zu jener lauteren Klarheit hindurchgedrungen, von der ihn keine der ſpäter auftauchten neuen Richtungen abgebracht hat. „Man hat oft die Frage an mich gerichtet,“ ſo hat er ſich ſelbſt über ſeinen Entſchluß ausgeſprochen, „warum ich denn die bibliſchen Bilder in altdeutſchem Koſtüm male; ja wie denn? Sollte ich etwa weitermalen wie die Nazarener? Anfangs dachte ich auch nicht anders, aber meinen hausbackenen Menſchen wollten die konventionellen Gewänder partout nicht paſſen. Ja, ſagten die klugen Menſchen, ich ſollte es doch ſo malen, wie es geweſen iſt, es iſt doch im Orient paſſiert, das iſt doch ein Anachronismus, den ich begehe. Merkwürdig! Noch nie hat ein Menſch es zuſtande gebracht, in der Form des Orientbildes ein

andächtiges Bild zu malen, warum verlangt man denn das von mir? Malen wir denn nicht als Teutſche für Teutſche?“

Waren zu jener Zeit die van Eyck, Memling und die gleichſtrebenden Niederländer die Künſtler, die er faſt ausſchließlich ſtudierte und verehrte, worin ihn übrigens Wilhelm Sohn noch beſtärkte, ſo hatte er auch ein litterariſches Vorbild, das ihm für die Richtigkeit ſeines Gedankenganges und ſeiner Schlußfolgerungen Zeugnis ablegte. Schon im erſten Drittel des IX. Jahrhunderts war ein weſtfäliſcher Mönch auf den Gedanken gekommen, den eben erſt zum Chriſtentum bekehrten Sachſen die Geſchichte Chriſti durch Übertragung auf heimiſche Satzungen und Rechtsverhältniſſe verſtändlich zu machen und ſie auf dieſem Wege in ihre Herzen einzuführen. Der Sänger des „He-

Abb. 11. Estnischer Bauer. Studienkopf (1879).

"liand" (Heiland), dessen Gedicht Robert Koenig treffend die „Urkunde des reinen deutschen Christentums" nennt, läßt Christus in der Gestalt eines „reichen, mächtigen, milden deutschen Volkskönigs" auftreten, der über Burgen und treue Lehensmänner gebietet. Auch in den Einzelheiten dringt überall das altsächsische Volksleben durch, und es ist wohl mit Sicherheit anzunehmen, daß der kluge Mönch, der bei der Einführung der neuen Lehre die seit eingewurzelten heidnischen Anschauungen seiner Stammesgenossen schonte, viel förderlicher gewirkt hat, als die welschen Fanatiker, die nach Deutschland gesandt wurden, wenn denen in Rom das Bekehrungswerk nicht schnell genug vorwärts ging.

Denselben Weg beschritt nun auch Eduard von Gebhardt, um das protestantische Deutschland, das von den blutlosen Andachtsbildern der katholischen Maler in Düsseldorf weder künstlerisch noch geistig befriedigt wurde, wieder zur Empfänglichkeit für die religiöse Malerei heranzuziehen. Nachdem er sich zuerst an einer Auferweckung des Lazarus versucht, die aber damals (1861) nicht über die Farbenskizze hinaus gedieh, aber 30 Jahre später wieder aufgenommen wurde und dann zu einem Meisterwerk anreifte, kam 1863 sein erstes, vollendetes Bild, der „Einzug Christi in Jerusalem" (Abb. 7), zustande. Es ist selbstverständlich, daß ein Bild, das wie dieses so rücksichtslos mit der Überlieferung brach und sich in so scharfen Gegensatz zu der in wesenloser Typik erstarrten religiösen Malerei Alt-Düsseldorfs stellte, nichts anderes als Abscheu und Entrüstung hervorrufen konnte. Man sah darin eine Art von Blasphemie, eine Verhöhnung heiliger Gefühle, während der Maler doch gerade von innigster Glaubenskraft durchdrungen war, als er dieses Bild malte. Er hatte nur an Menschen, die denen seiner Zeit in der Körper- und Kopfbildung, vor allem aber im Gesichtsausdruck glichen, wenn auch die Tracht abweicht, die Gewalt der Erscheinung Christi über alle einfältigen und wahrhaftigen Gemüter schildern wollen. Uns erscheint dieses Jugendwerk schon als eine staunenswerte Arbeit, die keinen Vergleich mit den Meisterwerken des reifen Künstlers zu scheuen braucht. Vor allem tritt uns hier bereits der Christustypus, an dem Gebhardt bis auf die Gegenwart festgehalten hat, in seiner ganzen Eigenart entgegen. Ein Mann von kräftiger Gestalt, aber mit einem Ausdruck des Leidens in dem blassen, langen Gesicht, der ihn auch nicht verläßt, wenn er Gesunde tröstet und zum himmlischen Vater weist, wenn er Kranke gesund macht und Tote auferweckt. Aber in diesem Spiegelbilde beständigen seelischen Leidens und Mitgefühls fehlt nicht der Zug, der auf überirdische Erhabenheit weist. Es ist ein Grundzug Gebhardtscher Kunst, daß er auch bei Darstellungen, wo der Gegenstand eine Steigerung zum Dramatischen erfordert, immer die Person Christi dem Wirrwarr der Massen entrückt und sie gleichsam isoliert, sachlich und symbolisch zu dem Felsen im Meere macht, auf dem das Heil der Welt thront.

Auch die leidenschaftlich bewegten Menschen, Greise und Männer, Frauen, Mädchen und Kinder, die dem einziehenden Messias zujauchzen, zeigen in ihren Körpern und Gesichtern wie in ihren Gebärden das von Gebhardt schon damals angestrebte Ziel. An Mannigfaltigkeit im einzelnen ist er durch seine unablässigen Studien noch viel weiter gediehen; aber den Grundcharakter seiner Kunst hat er mit diesem Erstlings-

Abb. 15. Esthnischer Bauer. Studienkopf (1869).

bilde, wenigstens für figurenreiche Kompositionen, fest begründet, und die liebliche Landschaft, die den Hintergrund gibt, das Architekturbild im Vordergrunde, sind seitdem ebenfalls feste Bestandteile Gebhardtscher Kunst geblieben, die uns auch landschaftlich die Reize und die charaktervolle Schönheit Westfalens und der Rheinlande wiederspiegelt.

Als dieser „Einzug Christi" acht Jahre nach seiner Entstehung mit anderen später gemalten Bildern und Studien, unter denen sich auch Gebhardts Meisterwerk aus seiner ersten Epoche, das 1870 vollendete „Abendmahl" befand, in Berlin ausgestellt wurde, fand er bereits eine viel verständnisvollere Würdigung als in Düsseldorf. Diese erste Gebhardtausstellung in Berlin rief sogar eine tiefe Bewegung hervor, an der Künstler und Laien gleich lebhaften Anteil nahmen. Wie immer, wenn wirklich etwas echt Künstlerisches zu ihnen spricht, fanden die Künstler

mit richtigem Instinkt heraus, daß sie es nicht mit einem Nachahmer, sondern mit einem stark empfindenden Bahnbrecher zu thun hatten, wenn auch gewisse Äußerlichkeiten des Kostüms dagegen zu sprechen schienen. Auf archäologische Treue des Kostüms sah man damals auch noch nicht, und Gebhardt selbst vermied absichtlich, gewisse historische Erinnerungen hervorzurufen. Er wollte seinen Bildern nicht die Merkmale einer bestimmten Zeit anheften, sondern in dem Beschauer immer nur den allgemeinen Eindruck erwecken, als sähe er Ereignisse aus der deutschen Vorzeit sich abspielen.

Die Laien interessierten an der Gebhardtschen Auffassung zunächst die Äußerlichkeiten, die freilich meist nur durch die Fremdartigkeit der Auffassung wirkten. Die rein künstlerischen Interessen und die Empfindungen der zwar religiös, aber innerhalb der Überlieferung doch frei gesinnten Laien trafen

Rosenberg, von Gebhardt.

erst in dem „Abendmahl" zusammen. Wie sich die Laien und die ästhetisch geschulten Kritiker, die jene zum Teil leiteten, zum Teil aber auch deren Anschauungen wiederspiegelten, zu den Erstlingsbildern des Künstlers stellten, lernen wir aus einem Aufsatz über die Berliner Gebhardtausstellung in der „Zeitschrift für bildende Kunst" (Jahrgang 1872) kennen. Der damalige Berichterstatter war ein entschiedener Vorkämpfer für alle neu auftauchenden Talente, ein furchtloser Mann, der niemals davor zurückschreckte, alte Zöpfe abzuschneiden. Aber selbst ein so vorurteilsfreier Kritiker, wie Bruno Meyer, der zu jener Zeit in der Berliner Kunstwelt die Rolle des Hechts im Karpfenteiche spielte, vermochte sich noch nicht völlig mit der realistischen Strenge des Gebhardtschen Stils zu befreunden. Er hatte kurz vorher das Oberammergauer Passionsspiel gesehen, kam aber trotz dieser Vorschule über einzelne Schroffheiten des jungen Düsseldorfers nicht hinweg, die ihn besonders an dem „Einzug Christi" und der im Jahre darauf gemalten „Auferweckung von Jairi Töchterlein" mißfielen. „Wenn man jenen Einzug Christi von Gebhardt zu Gesicht bekam," so schrieb er, „kurz nachdem man die Scene auf der Bühne in Oberammergau gesehen hatte, wo die Darstellung in allen Teilen ja so realistisch wie möglich ist, bis zu dem Grade, daß viele an ihrem Realismus, wenn auch unberechtigten Anstoß genommen haben, so erkennt man ganz deutlich, daß nicht bloß die Natürlichkeit der Darstellungsform, sondern auch ein gewisser Mangel an poetischem Gefühl, welches sich mit der natürlichsten Auffassung vereinigen läßt, der Grund des Mißbehagens ist, das sich dem Beschauer aufdrängt: die Darstellung ist eben nicht bloß natürlich, sie ist auch trivial. Leute, die man nicht so malen will, wie wenn man glaubte, sie seien halb Gott und halb Mensch, die kann man doch so malen, wie Menschen aussehen, die von einer Idee begeistert und getragen sind; also zwischen dem Gottmenschen und einem ursprünglich aus dem Handwerkerstande hervorgegangenen fanatischen oder asketischen Reiseprediger liegt doch noch manches in der Mitte, womit sich die naturalistische oder vielmehr die realistische Kunst sehr wohl befreunden kann, und worin die Gestalt Jesu für den Bibelgläubigen unanstößiger und auch für den Nicht-Bibelgläubigen mit seiner berechtigten Vorstellung von einer ganz hervorragenden historischen Erscheinung übereinstimmender entgegentritt. Und ebenso ist es in der Komposition sehr richtig, von jener systematischen Parallelgruppierung, von jenem architektonischen Gruppenbau der hoch idealistischen, streng kirchlichen Kunst sich zur einfachen Naturwahrheit zu wenden. Aber wenn man dem Zufall die Gruppierung überläßt, so soll man sich immer doch das Recht vorbehalten, unter den zufälligen Formationen wählen und die unschöne Formation ablehnen zu können. Der Zufall der ganz freien Massenbewegung, in der vom Posieren des einzelnen

Abb. 16. Südnischer Bauer. Studienkopf (1869).

keine Spur ist, bietet oft überraschend schöne Gruppierungen dar, wie das beispielsweise bei den sehr figurenreichen Volksscenen der Oberammergauer Spiele auf die überzeugendste und erfreulichste Weise hervortritt. Darin also muß der Künstler wählerischer sein und muß nicht die Unschönheit an Stelle der Natur als reformatorisches Princip in die Kunst hineinbringen wollen."

Dieser Versuch, in die Absichten des Künstlers einzudringen, zeugt von so lebhaftem Interesse an seinen Bestrebungen, daß wir die Worte des Kritikers getreu wiedergegeben haben. Sie sind aber nicht bloß bezeichnend für die Anschauungen der Zeit, die sie diktiert haben, sondern sie enthalten auch manche berechtigte Einwände, gegen die sich Gebhardt in späteren Jahren, nachdem er sich von dem Stile der alten flandrischen Meister freier gemacht und für den größeren Stil eines Dürer und Rembrandt volles Verständnis gewonnen hatte, nicht verschlossen

Abb. 17. Christus am Teich Bethesda (um 1867).

Abb. 18. Christus am Kreuz.
(Mit Genehmigung der Photographischen Gesellschaft in Berlin.)

Abb. 19. Das letzte Abendmahl (1870). In der Kgl. Nationalgalerie zu Berlin.
(Mit Genehmigung der Photographischen Gesellschaft in Berlin.)

hat. In anderen grundsätzlichen Punkten hat sich die spätere Kunstentwickelung aber so völlig von den Meinungen jenes Kritikers entfernt, daß uns das, was jenem noch als unbegreiflich und unmöglich galt, als selbstverständlich und sogar als notwendig erscheint. Aber wie wir heute des festen Glaubens sind, daß sich jener vor fast einem Menschenalter geirrt habe, so sind wir keineswegs sicher, daß andere abermals nach einem Menschenalter das, was wir heute als ein festes Grundteil unseres Wissens ansehen, als ein trügerisches Gebäude unseres Irrwahns tadeln werden.

Aber immerhin dürfen wir an der einen Zuversicht festhalten, daß das wahrhaft Künstlerische sich auch unter dem von Geschlecht zu Geschlecht fortschreitenden Wandel der ästhetischen und moralischen Anschauungen behaupten wird. Das bewährte sich auch an dem genannten Berliner Kritiker bei seiner Beurteilung des zweiten größeren Bildes, das Eduard von Gebhardt dem „Einzug Christi" schon 1864 folgen ließ, der „Auferweckung von Jairi Töchterlein" (Abb. 8 u. 9). Hier hat der Künstler, im Anschluß an die Überlieferung, den Schauplatz der Wunderthat in einen geschlossenen Raum verlegt und dabei mehr von seinem koloristischen Können gezeigt als bei dem „Einzug Christi". Dabei zeigen sich bereits die Anfänge jener Bestrebungen des Künstlers, die sich von Jahr zu Jahr mehr auf malerische Feinheiten in der Wiedergabe der Lichtwirkungen und in der Behandlung des Helldunkels richteten. Er führt uns in ein einfaches, schmuckloses Gemach, wie es um die Wende des XV. Jahrhunderts wohl in allen deutschen Bürgerhäusern zu finden war. Eine Balkendecke überspannt den niedrigen Raum mit seinen kahlen weiß getünchten Wänden. Das Hauptmöbel bildet das von der Fensterwand bis über die Mitte hineinreichende, von einem geraden Himmel mit herabfallenden Gardinen überdachte Bett, auf der vor schmale, noch völlig unentwickelte Körper des Mädchens, der fast völlig in das Bettlager versunken ist, ausgestreckt daliegt. Kaum hat die Mutter den Schleier von dem Haupte der Toten entfernt, so hat sich schon das göttliche Wunder vollzogen. Der Herr hat sich eben in liebevoller Bewegung über das Bett geneigt, hat seine Hand auf den Scheitel des Mädchens gelegt und das Auferstehungswort gesprochen, und mit scheuer Verwunderung blickt die Kleine zu dem edlen Menschenfreunde empor. Im Hintergrunde, etwas abseits vom Bett, sieht man die Gruppe dreier Jünger, die ihrem Herrn und Meister in das Haus des Todes nachgegangen sind. Zwei von ihnen folgen mit gespannter Aufmerksamkeit, aber auch mit festem Vertrauen dem Vorgange des Auferstehungswunders, während der dritte, der jugendliche Johannes, mit ernstlichem Unwillen nach der geöffneten Thür blickt, von wo eine Störung droht. Neugierige Nachbarn suchen sich Eingang zu verschaffen, und Jairus weist sie mit sanfter Gebärde zurück. Ein Kätzchen, das auf dem Platz unter dem halbgeöffneten, dem Sonnenlicht Eingang gewährenden Fenster zusammengerollt liegt, läßt sich in seinem Schlummer durch die Ereignisse nicht stören. So hat uns Dürer auf seinen Kupferstichen und

Abb. 20. Studie zum Nathanael im Abendmahl Abb 19.

Abb. 21. Die Brüder Hubert und Jan van Eyck (1871).

Holzschnitten, vornehmlich in den Bildern aus dem Marienleben, den stillen Frieden, die gemütliche Behaglichkeit des deutschen Bürgerhauses seiner Zeit oft geschildert, und es scheint, daß schon um jene Zeit neben den alten flandrischen Meistern Dürer als Charakterdarsteller und Rembrandt als Kolorist mehr und mehr in den Gesichtskreis Eduard von Gebhardts traten.

Denen, die das Bild in den sechziger Jahren und auch nach 1870 zu sehen bekamen, bot es noch Befremdliches genug. So konnte man sich damals schlechterdings nicht über die schmächtige, wie plattgedrückt aussehende Gestalt des Mädchens hinwegsetzen. Wer sich aber dann von diesem mehr für den Verstand als für das Gefühl peinlichen Eindruck befreit hatte, der kam schließlich zu dem von Bruno Meyer ausgesprochenen Endergebnis: „Betrachtet man die Darstellung ohne jede Beziehung zu einem bestimmten Vorgang, dem gegenüber man sich nicht entbrechen kann, eine vorgefaßte Meinung zu haben, und den man dieser zufolge hier nicht wieder- oder anerkennen kann, so frappiert und fesselt eine wunderbare, derbe Wahrheit der natürlichen und ungekünstelten Empfindung, eine Wahrheit, die so unbedingt und absolut ist, daß es schwer oder unmöglich ist, darüber ins klare zu kommen, in welcher der drei Gruppen sie am bewundernswertesten hervortritt. Das gibt sich alles so schlicht und treu, daß man meint, man habe all solche Situationen selbst schon im Leben einzeln und bei einander gesehen, und so, ja genau so habe sich alles zugetragen, haben sich alle einzelnen

Perſonen gebärdet, haben ſich die Beziehungen unter ihnen geſtaltet."

Ein drittes Zeugnis für die Vielſeitigkeit, die ſich Eduard von Gebhardt während ſeiner im Gegenſatz zu anderen frühreifen Talenten immerhin langwierigen Studienzeit errungen hatte, iſt das 1866 vollendete Bild des gekreuzigten Chriſtus mit den drei nächſten Blutzeugen, das ihm als Altargemälde für die Domkirche in Reval in Auftrag gegeben war (Abb. 10). Hier ließ er die altertümelnde Richtung ſeiner Kunſt beiſeite. Den Schwerpunkt legte er nicht auf das Koſtüm, ſondern auf die Einfachheit, die Stärke und Tiefe der Empfindung, ohne von dem Grundſatz ſeiner Kunſt, nur Menſchen unſerer Zeit zu bilden, nur Menſchen zu Menſchen in der allgemein verſtändlichen Sprache des natürlichen Gefühls reden zu laſſen, abzuweichen.

Was er hier von Geſichtern und Geſtalten zeigte, war aus inbrünſtigen Naturſtudien erwachſen, die er zumeiſt in Düſſel-

Abb. 22. Studienkopf (um 1872). Nach einer Skizze.

dorf gemacht hatte, mit dem Zeichenſtift, wie mit dem Pinſel, den er bald mit ſolcher Sicherheit zu handhaben erlernte, daß zuletzt jeder Ton mit dem erſten Pinſelſtrich richtig wiedergegeben wurde und an der richtigen Stelle ſaß. So hat er z. B. für das Töchterlein des Jairus eine Bleiſtiftſtudie nach einem Modell angefertigt, die ſich an Feinheit und Schärfe der Charak-

Abb. 23. Die Kreuzigung Christi (1873). In der Kunsthalle zu Hamburg.
(Mit Genehmigung der Photographischen Gesellschaft in Berlin.

Abb. 21. Studie zur Kreuzigung (s. S. 25).

teristik und der Ausführung mit den Silberstiftzeichnungen der beiden Holbein messen kann (Abb. 9). Immerhin war das Material an Modellen, das er in Düsseldorf fand, nur kärglich. Menschen, wie er sie brauchte, herbe und harte Dürerköpfe mit festem Blick, mit vertrockneter Haut, mit starken Knochen und mächtigem Schädel, fand er am meisten in seiner estnischen Heimat, die er fast alljährlich wiedersah. Die Studien, die er dort gemalt hat, besonders in den Jahren 1866—1869, hat er in späteren Jahren oft verwertet (Abb. 11—16). Es sind fast durchweg Köpfe, die auf das Prädikat „angenehm" oder gar „schön" im landläufigen Sinne des Worts nicht den geringsten Anspruch erheben können. Sie werden auch nicht einmal durch geistige Schönheit geadelt: aber aus diesen Gesichtern spricht eine starre Entschlossenheit, ein fester, unbeugsamer Charakter, und gerade solche Köpfe brauchte Gebhardt für die Jünger, die dem Heiland überall hin folgten, bis in den Tod, und für die Gläubigen, die durch seine Lehre oder durch seine Thaten mitgerissen wurden und sich zu einer Gemeinde um ihn zusammenschlossen.

In engem geistigen Zusammenhang mit der „Auferweckung von Jairi Töchterlein" steht die um 1867 entstandene Kreidezeichnung „Christus am Teich Bethesda" (Abb. 17). Bei der Darstellung des Schauplatzes hat sich der Künstler an die kurze Andeutung im Evangelium des Johannes gehalten, der nach Luthers Übersetzung von „fünf Hallen" spricht. Aus diesen Hallen hat Eduard von Gebhardt eine prächtige Thermenanlage gemacht, deren damals, unter römischer Herrschaft, auch die kleinen Städte Kleinasiens und der angrenzenden Provinzen besaßen und die auch in Jerusalem nicht fehlten. In diese prunkvolle Architektur hat er aber fast dieselben schlichten Menschen hineingesetzt, die uns aus der „Auferweckung von Jairi Töchterlein" vertraut geworden sind. In der Gruppe der drei Männer zur Rechten erkennen wir die drei Jünger Christi wieder, die im Hintergrunde der Stube des Obersten stehen. Christus selbst bildet hier mit dem Kranken, zu dem er sich mit segnender Gebärde herabneigt, die Mittelgruppe, während links eine dritte Gruppe die Komposition abschließt: ein greises Elternpaar bringt unter dem Beistand eines jüngeren Mannes ein siechs Mägdelein herbei, dessen Kopf fast dieselben Züge wie die Tochter des Jairus trägt. Auf der Kreidezeichnung begegnen wir demselben Kompositionsprincip wie auf dem Bild von 1864, in der die Hauptfiguren in drei Gruppen gesondert sind, die gleichwohl in engem geistigen Zusammenhang stehen. Die Gruppierung der Figuren ist also keineswegs, wie man damals glaubte, dem Zufall überlassen worden, sondern wohldurchdacht und erwogen, jedoch stets so, daß die Scene den Eindruck freier Natürlichkeit macht.

Für einen Künstler von der tiefen Veranlagung Gebhardts war es selbstverständlich, daß er einen Stoff wie die Kreuzigung Christi, die erschütterndste aller menschlichen Tragödien, nicht mit einem Male erschöpfen konnte. In späteren Jahren ist er noch mehrmals darauf zurückgekommen, in figurenreichen Kompositionen, ganz nach der Art der Meister des XV. Jahrhunderts. Bald nach der Vollendung des Altarbildes für Reval empfand er aber das Bedürfnis, den sterbenden Heiland allein, nur in der Zwiesprache mit seinem Vater im Himmel und der umgebenden Natur darzustellen, in deren feierlich-düsterer Stimmung die Tragödie nach der Überlieferung der Evangelien ausklang. Auch Dürer, Rubens und van Dyck hatten in solchen Stimmungsbildern gern die Inbrunst ihrer gläubigen Seelen enthüllt, und tiefe, inbrünstige Andacht spiegelt sich auch in dem gekreuzigten Christus wieder, den Gebhardt nach einer in der Zeit von 1868—1870 entstandenen Skizze gemalt hat (Abb. 18). Daß der Künstler nicht eine Menschengestalt von idealer Schönheit, sondern den Körper eines von seelischen und körperlichen Leiden gequälten, bis zum Tode ermatteten Durchschnittsmenschen dargestellt hat, der er es trotz seiner Ergeben-

Abb. 25. Studie zur Kreuzigung s. S. 25.

Abb. 26. Kreuzigung (1884). In der Kirche zu Narva.
(Mit Genehmigung der Photographischen Gesellschaft in Berlin.)

heit in den Willen des Höchsten immer noch
nicht fassen kann, warum ihn Gott verlassen
hat — das war nur die Folge des realistischen Princips, das von seiner einmal ge-
wonnenen Überzeugung untrennbar war.
Das nationale Element seiner Kunst zeigt

Mit diesen Bildern war die Thätigkeit
des Künstlers während der Jahre 1863 bis
1870 aber noch keineswegs erschöpft. Es
war, als ob die lange zurückgehaltene
Schaffenslust sich wie ein eingedämmter
Strom plötzlich Bahn gebrochen hätte. Noch

Abb. 27. Pendelschwingungen (1871).

sich hier besonders in der Frühlingslandschaft
mit den Birken, den charakteristischen Bäu-
men des nördlichen Deutschlands, und in der
von Mauern und Türmen umgebenen mittelalterlichen Stadt von jenem Typus, dem
wir so oft auf den Bildern der van Eyck,
Roger van der Weyden, Memling, Patinir
u. a. begegnen.

eine ganze Reihe von Motiven aus den
evangelischen Geschichten drängte nach Gestaltung, und so entstanden neben jenen
großen, ausgeführten Bildern noch Entwürfe
und Zeichnungen zu einem „Christus auf dem
Ölberge", zu einer „Tempelreinigung", einem
„Ecce homo", den „Jüngern von Emmaus",
dem „Gleichnis vom reichen Mann und dem

armen Lazarus", endlich auch das erste der weltlichen Genrebilder aus dem Zeitalter der Reformation, das Eduard von Gebhardt allmählich seinem Volke so lebendig machte wie die Ereignisse der evangelischen Geschichte. Mit diesem Bilde legte er zugleich das eigene Glaubensbekenntnis ab, das den Maler an die Seite des freien Forschers und Wahrheitssuchers stellte. Es führte nur den schlichten Titel „Aus der Reformationszeit", sprach aber deutlich genug, um die Zeit zu kennzeichnen, in der die Geister erwachten und es wieder eine Lust war, zu leben. Bruno Meyer gab gewiß der allgemeinen Empfindung Ausdruck, wenn er in seinem Bericht über die Berliner Ausstellung der Erstlingswerke Eduard von Gebhardts schrieb, daß dieses kleine Genrebildchen den „reinsten und tiefsten Eindruck" auf ihn gemacht hätte. „In einem Erker-

Abb. 7. Disputation (1875).
(Mit Genehmigung der Photographischen Gesellschaft in Berlin.)

fenster, durch das man über die Stadt hinaussieht, sind zwei Männer in eifrigem Gespräch miteinander begriffen; der Sitzende hat die Bibel auf dem Schoße, und der höchste Ernst malt sich auf beiden Gesichtern. der großen Führer der Kirchenverbesserung nahm. Diese Gruppe in dem Zeitkostüm, in dem malerischen Interieur, von dieser ewig heiteren Sonne beschienen ... das gibt ein malerisches Ensemble von einer

Abb. 29. Studienkopf um 1875.

Man bekommt ein Gefühl von dem allgemeinen Bewußtsein jener Zeit, der wieder einmal die theologischen Streitigkeiten zu einer Lebensfrage, zu einem unvermeidlichen Inhalt des gewöhnlichen Denkens geworden waren und die tiefen Anteil mit Kopf und Herz an den skrupulösen Untersuchungen Anziehung und einer Anmut, die etwas wahrhaft Erhebendes hat; in einer solchen Sphäre ist gerade die Kunst Gebhardts an ihrer rechten Stelle. Unter den zahlreichen Gemälden mit einfachen, sittenbildlichen oder auch mehr dem Fache der Geschichte sich nähernden Darstellungen aus dem XVI. Jahr-

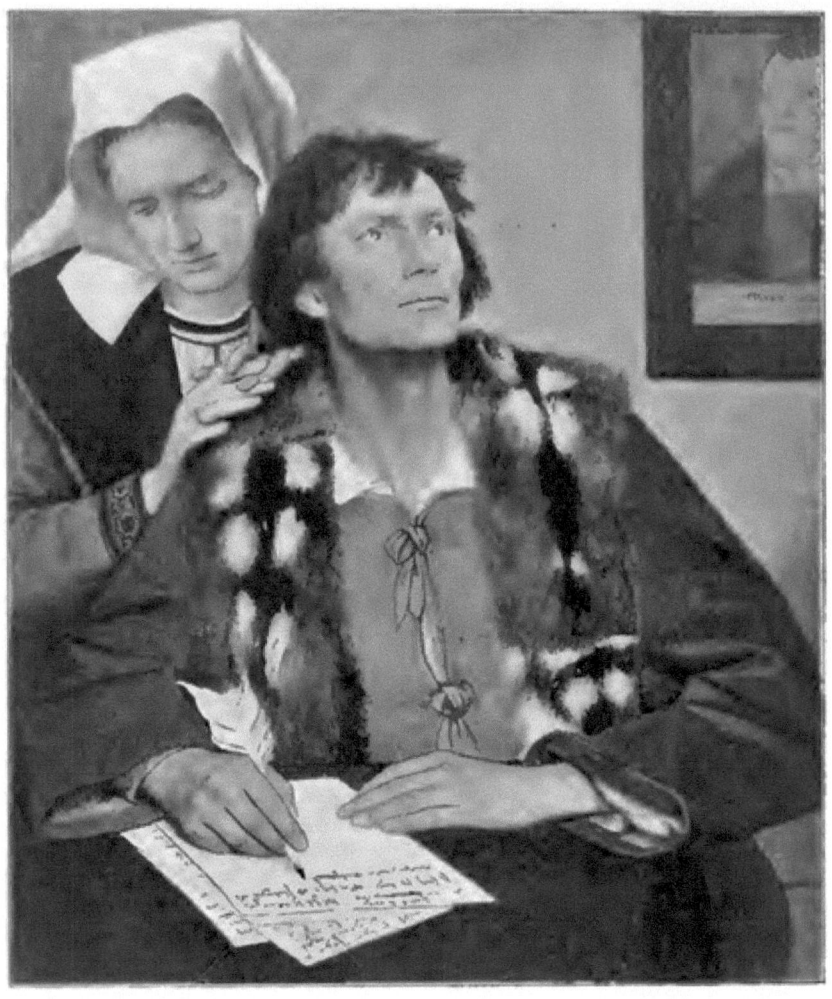

Abb. 50. Ein Reformator (1877). Im Städtischen Museum zu Leipzig.

hundert, die wir in den letzten Jahren haben entstehen sehen und von denen viele entschiedene Meisterwerke sind, ist dies doch eines der geistig bedeutendsten, der nachhaltigsten in der Wirkung." Für Gebhardt war es aber nur ein erster Versuch, in die geistige Bewegung des Reformationszeitalters hineinzugreifen, dem er nach dem ersten glücklichen Gelingen noch mehrere andere folgen ließ, die freilich nichts mehr von unsicherem Tasten an sich hatten, sondern sich sogleich als reife Meisterwerke darstellten.

Die tiefste Erregung unter den Werken Gebhardts aus der ersten Epoche seines Schaffens, die mit dem Jahre 1870 abschließt, rief aber doch das in diesem Jahre vollendete „Abendmahl" hervor (Abb. 19), besonders nachdem es 1872 für die Berliner Nationalgalerie angekauft und durch

Abb. 31. Die Heimführung (1877).

die Wiener Weltausstellung des folgenden Jahres den weitesten Kreisen bekannt geworden war. Neben der Darstellung des Kreuzestodes Christi war die seines letzten Abendmahls schon seit dem Anfang des XV. Jahrhunderts die höchste Aufgabe der christlichen Malerei gewesen. Während aber die Kreuzigung Christi der künstlerischen Auffassung einen weiten Spielraum gewährte, hielt sich die Darstellung des Abendmahls in verhältnismäßig engen Grenzen, bis sie sich endlich, nachdem mehrere Künstlergenerationen daran gearbeitet hatten, in dem Abendmahl Leonardos da Vinci zu

einem klassischen Typus erhob, über den
niemand mehr, selbst ein so gewaltiger Geist
wie Rubens, hinauskam. Gebhardt jedoch,
der sich bereits in so manchen Stücken als
Neuerer erwiesen hatte, wollte auch hier
mit der Überlieferung brechen, und er nahm
schon mit seinem ersten Entwurf für das
Abendmahl einen sehr ernsten Anlauf dazu.
Er hatte den Heiland und die Seinigen
um einen runden Tisch vereinigt, und als
das schicksalsschwere Wort von dem Verrat des einen unter ihnen gefallen war,
hatte sich die Runde der Tischgenossen geteilt. Einige hatten sich zu ernster Zwiesprache aneinander geschlossen, zwei waren
aufgesprungen und hinter ihren Meister ge-
treten, und rechts entwich der Verräter,
noch mit der Linken die Lehne des fortgerückten Stuhles haltend.

Eigenartig und von dem Herkömmlichen
abweichend war diese Komposition jedenfalls; aber sie hatte doch so offenbare Nachteile, daß sich der Künstler am Ende zu

Abb. 32. Bildnis der Gattin des Künstlers (1895).

einer etwas feierlicheren und auch künstlerisch
ruhigeren Anordnung entschloß. Vor allem
war die Gestalt Christi durch die beiden
hinter ihm stehenden Jünger gedrückt und
dadurch um ihre Wirkung, die doch das
Ganze beherrschen mußte, gebracht worden.
Dann war aber auch durch den dem Ausgang zuschreitenden Judas eine Störung des
Gleichgewichts hineingekommen, die einen

Ausgleich verlangte. Diese und andere Bedenken führten zu jener Fassung, die uns in dem Bilde der Berliner Nationalgalerie vorliegt. Sie nähert sich wieder mehr dem stellungen, am meisten 1873 in Wien, hervorrief, wohl auf die immerhin noch überraschend eigenartige Auffassung zurückführen darf. Auf der anderen Seite übten

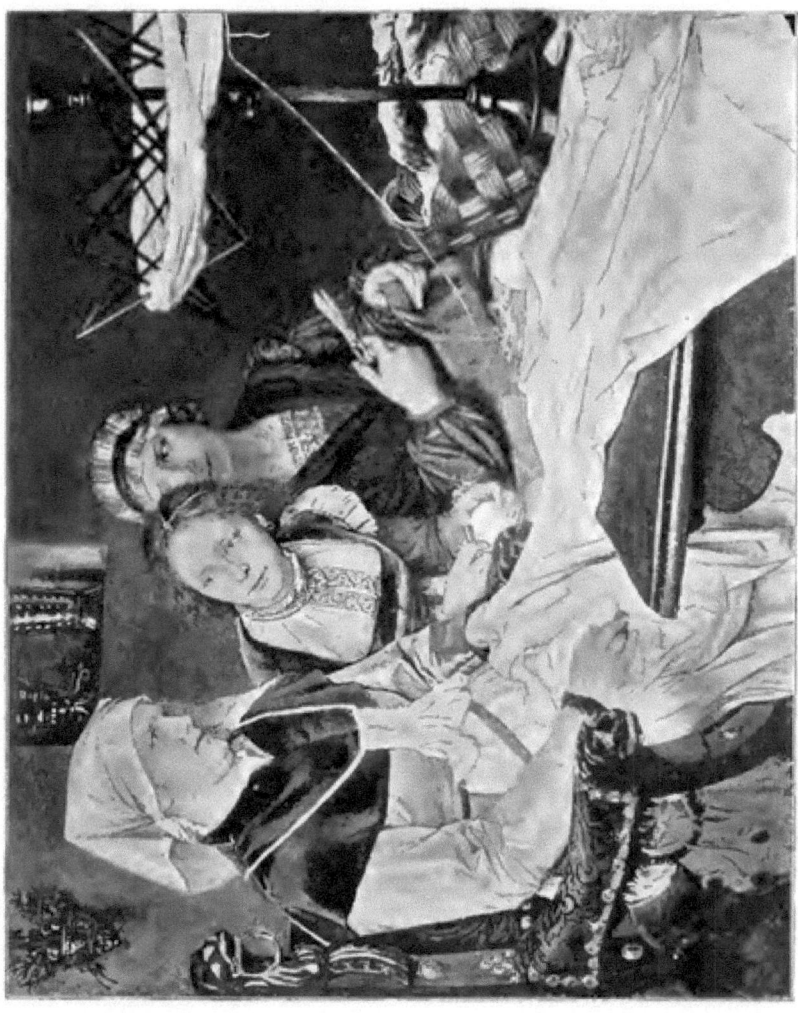

durch die Meister der italienischen Renaissance festgestellten Typus, weicht aber von diesem immer noch in so vielen Einzelheiten ab und ist auch so reich an individuellen Zügen, daß man einen Teil der Erregung, den das Bild bei seinen mehrfachen Ausaber die tiefe Innerlichkeit, das reiche Gemütsleben, die aus allen Köpfen sprachen, eine so mächtige Wirkung aus, daß sich die Anhänger der verschiedenen Religionsbekenntnisse, aber auch die von Strauß und Renan, Ungläubige und Skeptiker in diesem Bilde wie auf einem neutralen Gebiete zusammenfinden konnten und auch wirklich zusammenfanden. Freilich gab es immer noch viele, die an der gewöhnlichen, plebejischen Bildung der Köpfe Anstoß nahmen. Aber der Künstler hatte sich doch dabei nur treu an die Überlieferung der Evangelien gehalten, nach der sich Jesus seine Jünger, die „Menschenfischer", aus dem niedrigen Volke ausgewählt hatte, aus dem er selbst hervorgegangen war. Fischer, Zöllner, Zimmerer und andere Handwerker waren von ihm zu Werkzeugen der göttlichen Gnade auserkoren worden, und danach bildete der Künstler

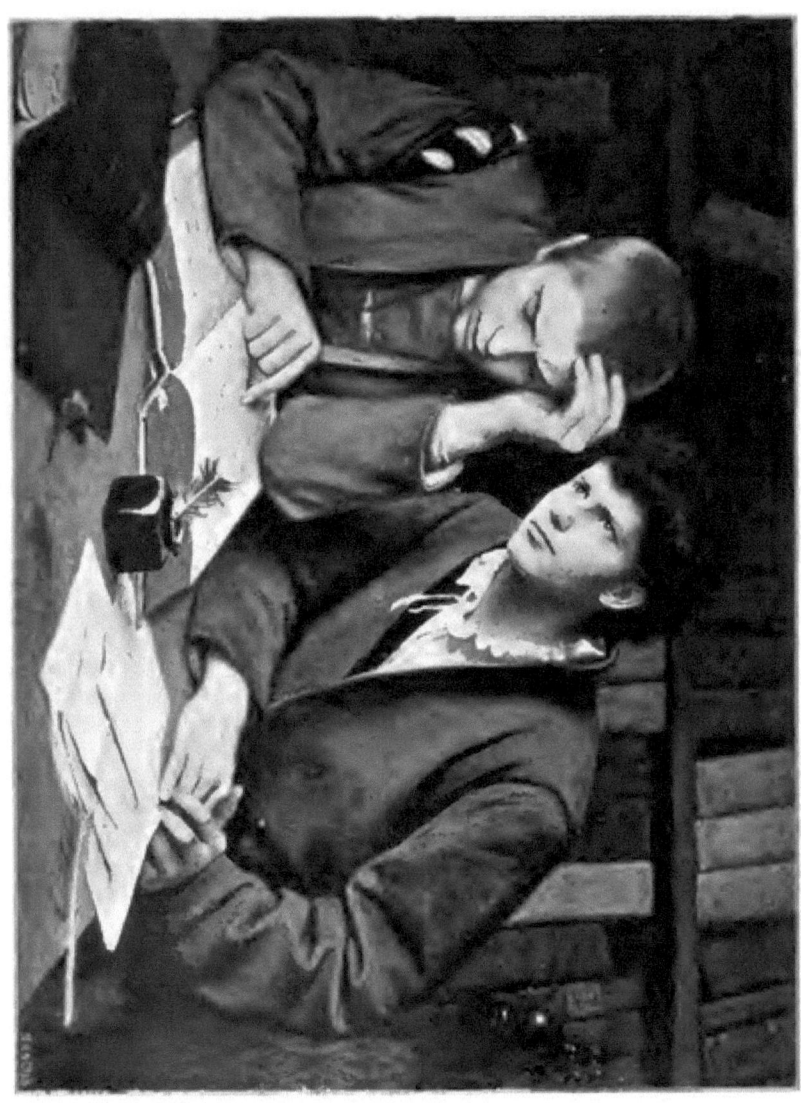

Abb. 34. Klosterschüler 1882.

Abb. 35. Himmelfahrt Christi (1884, in der Nationalgalerie zu Berlin).
(Mit Genehmigung der Photographischen Gesellschaft in Berlin.)

auch ihre äußere Erscheinung, indem er, getreu seinen Grundsätzen, in das Leben seiner Zeit griff. Die Studien, die er nach den Bauern seiner estnischen Heimat gemacht hatte, mögen ihm dabei gute Dienste geleistet haben. In dieser Auffassung und Charakteristik der Apostel waren ihm übrigens Rubens und van Dyck bereits letzten Tage haben ihre Spuren auf dem langen, schmalen Antlitz hinterlassen und um die Augen herum ist das Fleisch tief eingesunken. Und in dem Augenblicke, den das Gemälde schildert, spiegelt sich auf seinem Angesichte noch eine andere schmerzliche Empfindung, die er in trauriger Resignation in die Worte kleidet: „Einer unter

Abb. 36. Studie zur „Himmelfahrt Christi" f. S. 37.

vorausgegangen. Auch sie wählten ihre Modelle für die Apostel, welche um ihren Meister versammelt sind oder der zum Himmel auffahrenden Madonna nachblicken, aus dem Volke, ohne die Köpfe anders zu idealisieren als durch den Ausdruck der Hingabe, der Begeisterung und der Ehrfurcht, der aus den Augen leuchtet. Ebenso verfuhr Gebhardt. Das Antlitz Christi ist von dem Vorgefühl seines nahen Todes verklärt. Die schweren Seelenkämpfe der euch wird mich verraten!" Mit voller Klarheit prägen sich auf den ehrlichen, treuen Gesichtern die Gefühle aus, die bei dieser furchtbaren Anklage Blitzen gleich die Seele eines jeden durchzucken. Nur Judas Ischarioth weicht dem Sturm der Fragen aus, die sich aus den bedrängten Herzen emporringen. Vorsichtig ist er zur Thür geschlichen und im Begriff, sie zu öffnen, wirft er, nur von Bartholomäus mit flüchtigem Blick gestreift, noch einen Blick voll

Schlauheit und Bosheit auf die Zurückbleibenden. Unter diesen aber hat die Bewegung bereits ihren Höhepunkt erreicht. Nathanael (s. d. Studie zu seinem Kopfe Abb. 20) ist aufgesprungen und hinter den Meister getreten, über dessen Schulter er fragend blickt. Johannes, zur Rechten Christi, kann sich vor Schreck und Erstaunen gar nicht fassen. Er hat beide Hände auf den Arm des Heilands gelegt und heftet

Abb. 36. Studie zur „Himmelfahrt Christi" (f. S. 37).

den durchdringenden Blick auf den Mund, aus dem die nähere Erläuterung jener niederschmetternden Worte kommen soll. Thomas, der in Thränen ausgebrochen ist, bedeckt sein Antlitz mit der Rechten, während Matthäus ihn zu trösten sucht. Dem Thomas gegenüber, am anderen Ende des Tisches, ist Simon Petrus, sein hitziges Temperament ist aufgewallt, und schwer legt er die Hand auf den Tisch, als wollte er im nächsten Augenblicke dreinschlagen.

Bei einer Betrachtung von Gebhardts Abendmahl ist ein Vergleich mit der Meisterschöpfung Leonardos nicht zu umgehen. Es sind die Höhepunkte zweier entgegengesetzter Entwickelungsreihen, der idealistischen und der realistischen Kunstauffassung. Über ihre Berechtigung oder gar über das Vorrecht der einen vor der anderen wird heute ein Mensch, der die Lehren der Kunstgeschichte verstanden hat, nicht mehr streiten. Es steht auch fest, daß das Gemälde des Italieners in der Komposition, in der Anordnung und rhythmischen Bewegung von so unvergleichlicher Vollkommenheit ist, daß es keinem anderen Künstler, der sich über die Grenzen der Kunst und ihre höchste Leistungsfähigkeit klar geworden ist, einfallen wird, nach dieser Richtung mit Leonardo zu wetteifern oder etwa gar einen noch höheren Grad der Vollkommenheit anzustreben. Bei Leonardo ist Christus der Gottmensch, umflossen von dem Glanze einer unnahbaren Majestät, der seine Tischgenossen von ihm ferne hält. Und diese selbst sind Typen idealer Menschlichkeit, deren vornehmer und durchgeistigter Gesichtsausdruck und deren edel gebildete Glieder mit dem plastisch geordneten Faltenwurf der Gewänder in vollem Einklang stehen. Selbst die Niedertracht und Gemeinheit eines Judas Ischarioth sind von dem italienischen Meister stilisiert, d. h. der erhabenen Grundstimmung seines Gemäldes angepaßt worden. Dadurch ist zwischen dem Bilde und dem Beschauer gewissermaßen eine Schranke aufgerichtet worden. Wir blicken empor wie zu einem anders und höher gearteten Menschengeschlecht, das uns zur Bewunderung, zur Verehrung zwingt. Die innersten Fibern unserer Seele werden aber durch diese Darstellung nicht erregt. Welch' eine andere Sprache redet dagegen Eduard von Gebhardt zu uns! Was wir da vor uns sehen, sind Menschen wie wir,

Abb. 59. Christus auf dem Meere 1881, in der Kirche zu Ziegenhals.
(Mit Genehmigung der Phot. Gesellschaft zu Berlin.)

die von gleichen Empfindungen beseelt werden, die denken, fühlen und trauern wie wir. Auch auf uns wirkt der von dem mit denen der Mann mit dem Ausdruck tiefen Leidens in den kummervollen Zügen die erregten Fragen seiner Jünger beant-

Künstler dargestellte Moment mit dramatischer Kraft. Wir fühlen uns gleichsam mit in das Bild hineingezogen und lauschen mit gespannter Aufmerksamkeit den Worten, worten wird. Der Beschauer hat gar nicht das Gefühl, ein kunstvoll komponiertes Bild vor sich zu sehen, sondern er glaubt selbst der unmittelbare Zeuge des dargestellten

Vorgangs zu sein. Auch auf ihn überträgt sich die Wirkung, die das eben von Christus gesprochene Wort auf seine Getreuen ausgeübt hat. Keiner von ihnen folgt einer anderen Richtschnur als der, die ihm die plötzlich erweckte Empfindung, das Bewußtsein, vor etwas Ungeheuerlichem, Unsagbarem zu stehen, vorgeschrieben haben. In jedem Kopfe spiegelt sich ein durch die Schule des Lebens erzogener und gereifter Charakter, ein Temperament, das nur seiner unverfälschten, ehrlichen Natur folgt. Diese elementare Kraft des Ausdrucks ist etwas Höheres als die triviale Schönheit und die sanfte Anmuth, die bis zum Auftreten Gebhardts in der Düsseldorfer Malerei als das höchste Ideal galten. Man verstand sie aber damals noch nicht und wollte sie auch nicht verstehen, weil man in dem entschlossenen Bruch des Künstlers mit der klassischen, d. h. in diesem Falle italienischen Überlieferung etwas Revolutionäres sah, vielleicht auch einen Vorstoß des Protestantismus gegen den Katholicismus, der damals noch fast gänzlich die religiöse Kunst, auch die von Protestanten geübte, beherrschte. Nur in Berlin waren, z. B. von Gustav Richter mit seiner „Auferweckung von Jairi Töchterlein", einzelne Versuche zur Befreiung von dieser Herrschaft gemacht worden. Aber sie zielten weniger auf Verinnerlichung der Vorgänge und Gestalten der evangelischen Geschichte ab, als auf eine pathetische Verherrlichung des Menschen Christus im Glanze des den Belgiern und Franzosen abgelernten realistischen Kolorismus.

Im Gegensatze zu dem etwas kleinlichen Realismus des „Einzuges Christi in Jerusalem" und der „Auferweckung von Jairi Töchterlein" hatte Gebhardt die Figuren auf seinem Abendmahl zu monumentaler Größe gesteigert, ganz so wie es die Brüder van Eyck mit einigen Figuren auf ihrem vielteiligen Altarwerk für Gent gethan hatten. Damit wuchsen auch die Größe, die Kraft und die Tiefe des Ausdrucks in den Köpfen, zugleich aber ergab sich die Notwendigkeit einer der Größe des Stils entsprechenden Komposition. Diese Benennung hat immer einen fatalen, akademischen Beiklang, weil man damit den Begriff des Ausgeklügelten und Langweiligen verbindet. Ohne Komposition wird aber niemals ein Künstler Wirkungen erzielen, die weit über seine Zeit hinaus reichen. Das wissen auch die größten, ihrer Mittel und Kräfte sichersten Realisten. Sie können der Komposition im akademi-

Abb. 41. Studie zu dem Bilde „Die Pflege des heiligen Leichnams" (S. 12).

schen Sinne nicht entraten; ihr Streben geht aber dahin, das kompositionelle Gerüst möglichst unauffällig zu verdecken. Danach scheint auch Gebhardt zu verfahren, dem die Komposition schon bei seinen Erstlingsbildern nicht als eine Kleinigkeit erschienen ist, die man so ohne weiteres aus der Kunstentwickelung ausstreichen kann. In seinem „Abendmahl" hat er sich sogar als Meister der Komposition erwiesen. Man hat es nur erst später bemerkt, weil das Bild so viel Fremdartiges bot, daß man das Nächste und Vertraute darüber übersah. Auch hier hatte Gebhardt an dem Drei-Gruppen-System festgehalten, das er schon

mehreremale erprobt hatte und das sich auch
bei diesem Bilde so bewährte, daß er es
fortan bei figurenreichen Bildern beibehielt.
Es scheint darin etwas Natürliches zu liegen,
das man zwar nicht wissenschaftlich erklären

sammenhang mit dreien seiner Tischgenossen
brachte, und daraus ergab sich eine Teilung
in drei Gruppen, die so ungezwungen wirkt,
daß man es begreift, wenn der Blick der
Beschauer anfangs nicht in diese weise Be-

Abb. 12. Die Kreuzigung Christi. Wandgemälde im Kloster Lyversum. (Vgl. die Abb. 2. 14.)

und begründen kann, das aber doch etwas
Notwendiges sein muß. Leonardo hat die
zwölf Jünger zu Gruppen von je dreien
zusammengefaßt, aber den Herrn und Meister vereinzelt. Gebhardt hat dagegen das
feinere Gefühl des modernen Menschen gezeigt, indem er den Heiland in engen Zu-

rechnung eindrang. So liegt auch in der
durchaus selbständigen Komposition das neue
Element, das Gebhardt auf seinem, von
Leonardo abweichenden Wege in die Darstellung des Abendmahls hineingebracht hat.

An dem Christustypus, den Gebhardt
zum erstenmale auf dem „Einzug in

Jerusalem" als seine persönliche, gewiß erst aus vielen Versuchen und Kämpfen entsprossene Auffassung gezeigt hatte, hat er auch bei dem „Abendmahl" festgehalten, und seitdem ist dieser Typus den Freunden seiner des Ausdrucks hat sich der Christuskopf Gebhardts seinen Zeitgenossen so tief eingeprägt, daß er unmittelbar hinter den Christusköpfen von Leonardo und Guido Reni seinen Platz errungen hat, weil die

Abb. 48. Die Kreuzigung Christi. Wandgemälde im Kloster Loccum. (Vgl. die Abb. S. 11.)

Kunst so sympathisch und vertraut geworden, daß Gebhardt ihn wohl gelegentlich noch mehr vertieft, in seinem Ausdruck auch der jeweiligen Situation entsprechend — noch mannigfaltiger gestaltet, aber in seinen Grundzügen nicht mehr verändert hat. Durch diese Tiefe und Mannigfaltigkeit Kunst seit dem XVII. Jahrhundert nichts Charaktervolleres und Selbständigeres hervorgebracht hat. Auch die großen Bildhauer, die hier noch in Betracht kommen, Thorwaldsen, Dannecker, Rietschel, haben sich mehr an den erhabenen Stil der Gottähnlichkeit, als an die seelischen Empfindungen des gleich uns leidenden Menschen gehalten.

Die Steigerung in der Größe der Auffassung hatte für das „Abendmahl" auch eine andere koloristische Haltung zur Folge. Hatten in den Erstlingsbildern Gebhardts die

ordneten. Trotz seiner realistischen Naturanschauung ist Gebhardt niemals so einseitig gewesen, den Grundcharakter einer Darstellung irgend einem koloristischen Einfall zu opfern. Obwohl er auch die koloristischen Darstellungsmittel seiner Kunst mit

Abb. 11. Johannes der Täufer. Wandgemälde im Kloster Loccum.

grell leuchtenden, bunten Lokalfarben der alten flandrischen Meister, die keck und scharf in die klare Luft hineingesetzt waren, überwogen, so war auf dem Abendmahlsbilde das Kolorit auf einen feierlichen Grundton gestimmt worden, dem sich die in ihrem Glanze abgedämpften Lokalfarben unter-

voller Meisterschaft beherrscht, kommt das Kolorit bei ihm immer erst dann, wenn er in den Hauptsachen, in der schärfsten Betonung des psychischen Moments, in der Charakteristik und der Komposition, zu völliger Klarheit gelangt ist.

* * *

Wenn wir nach dem „Abendmahl" das anmutige, 1871 gemalte Genrebild betrachten, das die Brüder van Eyck in traulichem, mit gediegenem, von flandrischem Reichtum zeugenden Hausrat ausgestatteten Gemach — den um zwanzig Jahre älteren Hubert in liebevoller Unterweisung des jungen Bruders — darstellt, so kommt uns der Gedanke, als hätte sich Gebhardt dabei von der mühevollen Arbeit am „Abendmahl" ausruhen, zugleich aber auch den beiden großen Meistern, denen er so vieles verdankte, eine Huldigung darbringen wollen (Abb. 21). Scheinbar zeigt uns Gebhardt hier eine neue Seite seiner Kunst, indem er als Meister des historischen Genres auftritt. Prüft man jedoch die Einzelheiten, so wird man gewahr, daß er seine künstlerischen Grundsätze nur auf ein anderes Stoffgebiet übertragen hat. Die liebevolle Sorgfalt in der Darstellung und Durchführung alles dessen, was die Maler kurzweg „Beiwerk" nennen, der Möbel, der Geräte, der Trachten, des ganzen traulichen Raumes haben wir schon auf dem Bilde der „Auferweckung von Jairi Töchterlein" kennen und bewundern gelernt. Die auf einem Schemel neben dem Bette des Mädchens aufgestellten Gegenstände, eine Glaskanne, ein Trinkglas, ein Leuchter, ein Andachtsbuch und ein Schwamm, bilden zusammen ein Stillleben, das an Feinheit in der Charakteristik alles Stofflichen mit den klassischen Meistern dieses Fachs der Malerei, mit Dou und David de Heem, wetteifern kann. Fast noch reifer zeigt sich diese Kunst auf dem liebenswürdigen Genrebilde, das uns die Brüder van Eyck als Künstler und Menschen zeigt. Gebhadt gehörte aber keineswegs zu den Düsseldorfer „Kostümmalern", denen schon seit dem Anfang der siebziger Jahre alles Äußerliche, die Maskerade, zur Hauptsache wurde und die später darüber ganz und gar vergaßen, daß in ihren jetzigen Trachten und Innenräumen von Rechts wegen auch lebenskräftige Menschen stecken sollten. Gebhardt war und blieb, auf welchem Felde er sich auch bewegte, immer in erster Linie Charaktermaler, und darum beherrschen seine Figuren stets die Umgebung.

An unser Bild knüpft sich eine Erinnerung an einen Genremaler der Düsseldorfer Schule, der bereits Großes geschaffen, aber vielleicht zu noch Größerem berufen war, als er, eben erst fünfzig Jahre alt

Abb. 15. Studie zu dem Bilde „Johannes der Täufer" s. S. 16.

geworden, an den Folgen eines Unglücksfalles starb. Es ist Christian Ludwig Bokelmann, der zur Zeit, wo Gebhardt an dem Bilde malte, Schüler von Wilhelm Sohn war und dabei auch in nähere Beziehungen zu Gebhardt trat. Das „Daheim" wollte das Bild in Holzschnitt wiedergeben, und da zu jener Zeit die photographische Übertragung eines Bildes auf die Holzplatte nur erst sehr wenig Befriedigendes ergab, führte der junge Bötelmann mit jener peinlichen Gewissenhaftigkeit, die auch ein Merkmal seiner selbständigen Schöpfungen wurde, die Zeichnung auf dem Holzstocke aus. Nach dem danach ausgeführten, vom „Daheim" veröffentlichten Holzschnitte ist unsere Abbildung reproduziert worden.

Hamburg, s. Abb. 23 und die dazu gehörigen Studien Abb. 24 und 25). Mit diesem Bilde kehrte Gebhardt wieder zu den Idealen zurück, die ihm in den sechziger Jahren als die höchsten erschienen waren, zu den alten flandrischen Meistern, sowohl in der Komposition mit dem sich weit in

Abb. 16. Die Bergpredigt. Wandgemälde im Kloster Loccum.

Nach dieser Abschweifung in das heitere Gebiet der Genremalerei kehrte der Künstler bald wieder zu seinen ernsten Aufgaben zurück. 1872 entstand eine „Kreuzabnahme", die ins Ausland gekommen ist, und 1873 folgte die figurenreiche „Kreuzigung Christi" oder vielmehr „Christus am Kreuz zwischen den beiden Schächern" (in der Kunsthalle zu

die Tiefe dehnenden, von zahlreichen Figuren belebten landschaftlichen Hintergrunde mit den schlanken, im Frühlingsschmucke prangenden Birken, als in dem emailartigen, ausschließlich auf eine möglichst glänzende Wirkung der Lokalfarben berechneten Kolorit. Kam er hierin seinen Vorbildern gleich, so übertraf er sie bald in der Stärke des

Ausdrucks und in der Tiefe der Charakteristik, ohne darüber an jener Naivetät der Auffassung zu verlieren, die uns die Schöpfungen jener alten Meister so köstlich macht. Wie hoch wir diese auch schätzen, so ist doch nicht zu verkennen, daß sie nur den Hauptfiguren eine stärkere Individualisierung mitgegeben haben, daß aber bei der fast verwirrenden Fülle der Nebenfiguren das Physiognomische nur angedeutet oder in einer starren Maske stecken geblieben ist. Bei Gebhardt lebt jede Gestalt, auch die entfernteste im Hintergrunde, ihr eigenes Leben. Aus einer jeden blickt uns die Natur unmittelbar entgegen. Dabei findet man nur wenig von jener gesuchten Altertümelei, die man in der Kunstsprache „Archaismus" nennt. In den Figuren des Vordergrundes ist

Abb. 47. Studie zur Bergpredigt S. 2. 18

Abb. 48. Studie zur Bergpredigt s. S. 48.

freilich manches gemacht, „arrangiert", namentlich der kunstvoll zurechtgelegte Faltenwurf in den Gewändern der am Fuße des Kreuzesstammes im tiefsten Schmerze niedergesunkenen Frauengestalt, einer der drei Marien, und der laut aufjammernden, die Hände ringenden Frauengestalt zur Linken des Beschauers, wohl der Maria Magdalena. Man hatte aber Gebhardt schon so oft den Vorwurf der Gleichgültigkeit gegen die Gesetze kunstvoller Komposition gemacht, daß er hier vielleicht einmal zeigen wollte, daß er sich auch darauf verstände. Dem strengen Naturalismus hatte er ohnehin genug Opfer in den Körpern der drei Gekreuzigten gebracht. Das war für die damalige Zeit etwas noch nie zuvor Gesehenes. Wie wenige wußten, daß selbst die Großmeister der deutschen Renaissance, Dürer und Holbein, solche Darstellungen für etwas durchaus Selbstverständliches gehalten hatten! Erst viele Jahre später wurde der von Hans Holbein gemalte Leichnam Christi im Museum zu Basel, eine wahrhaft grauenerregende Naturstudie nach dem Leichnam eines Ertrunkenen, weiteren Kreisen bekannt, und in neuester Zeit sind die modernen Naturalisten so weit über Gebhardt hinausgegangen, daß dessen heiliger Ernst in der Darstellung von Menschen, die von den fürchterlichsten Marten gefoltert werden, uns bereits jetzt, also fünfundzwanzig Jahre nach der Entstehung der „Kreuzigung", in einem fast idealen Lichte erscheint.

Noch mehr beugte sich Gebhardt den Forderungen einer strengen, geschlossenen Komposition, als er zehn Jahre später denselben Gegenstand als Altarbild für die Kirche in Narva in Estland behandelte (Abb. 25). Er nennt es selbst „eine vereinfachte und modifizierte, freie Wiederholung des Hamburger Bildes". Ein Vergleich zwischen beiden Bildern zeigt, daß die Veränderung wohl hauptsächlich durch das verschiedenartige Format bedingt worden ist, daß daneben aber auch künstlerische Gründe entscheidend gewesen sind. Zunächst ist die klaffende Lücke zwischen dem sterbenden Heiland und dem unbußfertigen Schächer zu seiner Linken auf dem Bilde für Narva durch eine Zusammenziehung der Komposition geschlossen worden. In die Lücke sind zwei Kriegsknechte, die Wächter an der Richtstätte, getreten, von denen einer das ehrliche, treuherzige Gesicht eines Türschen oder Cranachschen Landsknechts zeigt, dem bereits eine Ahnung aufgeht, daß der mittlere der drei Gekreuzigten doch etwas der Ehrfurcht Würdiges an sich hat. Die Gruppen unter dem Kreuze Christi und dem des reuigen Sünders sind nur in den Bewegungen, namentlich in der Haltung der Köpfe etwas verändert, auch inniger zusammengeschlossen worden. Dann ist wieder auf der linken Seite ein beträchtliches Stück abgeschnitten worden, und dieser Einschränkung der Komposition ist leider auch die weinende Maria Magdalena zum Opfer gefallen, die zu den ergreifendsten Charakterbildern des Künstlers gehört. Vielleicht weiß er das selbst, und er hat es darum vermieden, sie durch Wiederholungen trivial zu machen.

Nach der „Kreuzigung" von 1873 glaubte man allgemein, daß sich der Schöpfer des „Abendmahls", der sich damit zu voller Freiheit und Größe emporgerungen, wieder so tief in seine antiquarischen Studien versenkt hätte, daß man in der nächsten Zeit nur Variationen desselben Themas zu erwarten haben würde. Das ist aber nicht eingetroffen. Als begeisterter Verehrer der Reformatoren suchte Gebhardt, wie wir schon kurz erwähnt haben, den Geist, der sie beseelte und zu großen Thaten auf allen Gebieten der geistigen Aufklärung anspornte, seinem Geschlecht wieder lebendig zu machen, indem er auf einer Reihe von Genrebildern die Reformatoren und Humanisten und ihren Anhang bei ihrer Arbeit, Forschung und Disputation darstellte, in schlichter Gestaltung, nur mit dem Ausdruck ernster Überzeugung und heiligen Eifers in den Köpfen der Lehrenden und ihrer Zuhörer, der einsamen Denker und der Schüler, die sich mühsam in diese neue Welt hinein finden müssen. Dem in der zweiten Hälfte der sechziger Jahre entstandenen Zwiegespräch zweier Freunde über die großen, die damalige Welt bewegenden, religiösen Fragen folgte 1874 ein Bild aus dem Leben der Naturforscher jener Zeit, die am Aufklärungswerk wacker mithalfen. Es heißt „Pendelschwingungen" (Abb. 27), geht aber wohl über diese einfache Benennung in seiner Bedeutung weit hinaus. Offenbar will der ältere der beiden Gelehrten an der Gesetzmäßigkeit in den Schwingungen eines Pendels erläutern, daß ähnliche Gesetze auch in dem großen Organismus der Natur und in dem kleinen des Menschenkörpers herrschen. Der Künstler hat dabei an zwei geschichtliche Personen gedacht, an Johann Müller aus Regensburg als Erklärer des Pendels und den Nürnberger Mathematiker Bernhard Walther. Um das höchste Gut des menschlichen Geistes, der menschlichen Erkenntnis, um jenes Thema, das im ersten Viertel des XVI. Jahrhunderts alle denkenden Menschen beschäftigte und beherrschte, um die Religion und ihre Läuterung von Mißbräuchen und Aberwitz, dreht sich offenbar die 1875 gemalte „Disputation" (Abb. 28), die

gewissermaßen als eine Erweiterung jenes ersten Religionsgespräches aus den sechziger Jahren erscheint. So tief hatte der große, weltbewegende Gedanke die Seelen erschüttert, daß Menschen aller Stände, Gelehrte und Ungelehrte, ihre Meinung in hitzigem Streit gegeneinander verfochten. Auch auf dem Bilde Gebhardts sehen wir Männer verschiedenen Alters und Standes bei solchem Gespräch versammelt: den einfachen Handwerker, der seine Sache mit zähem Eifer und finsterer Entschlossenheit gegen die spitzfindigen Argumente des nach einer Vermittelung suchenden Humanisten in Patricierkleidung vertritt, den Jüngling, der, die Bibel auf den Knieen, mit leuchtenden Augen zu dem schlichten Manne hinaufblickt, und einen zweiten Handwerksmann, der mit sichtlicher Geringschätzung der Rede des Humanisten zuhört, ebenso fest entschlossen, auf seinem Standpunkt zu beharren, wie sein Genosse. Bei allen Gestalten tritt das Archäologische, das Ausgeklügelte, das man sonst an dieser Art von Kostümbildern meist zu bemängeln hat,

Abb. 19. Studie zur Bergpredigt (s. S. 48).

so völlig in den Hintergrund, daß dem Beschauer gar nicht die Empfindung aufkommt, daß ihn Jahrhunderte von diesen Tracht zusammengestimmt, daß man auch hier wie bei den altgriechischen Gewandstatuen die Tracht „das Echo des Kör-

Abb. 50. Studie zur Bergpredigt (S. 48).

Leuten trennen. Es ist, als seien sie förmlich in ihre Kleider hineingewachsen. Wie sie Bart und Haar tragen, wie sie sitzen, wie sie die Füße halten, die Hände bewegen, das ist alles so natürlich mit der pers" nennen darf. Weit entfernt, dem Absonderlichen der Tracht, dem Beiwerk, den Geräten und der ganzen Umgebung eine besondere Geltung einzuräumen, hat der Künstler vielmehr wie immer allen

Nachdruck auf die geistige Belebung der Köpfe gelegt.

Die Reihe dieser Bilder krönte Gebhardt 1877 durch die Darstellung eines einzelnen aus der Schar der Reformatoren, die mit Kühnheit und Todesmut in die Fußstapfen ihres Führers traten. Dieser Reformator samen Denkers, blickt dieser furchtlos nach oben, von wo ihm die Eingebung kommt. Ist er doch seiner Sache gewiß und der beifälligen Zustimmung des Doktor Martinus, dessen vertraute Züge uns von der Wand herab anblicken! In der Charakteristik der beiden Köpfe ist der Einfluß von

Abb. 31. Die Austreibung aus dem Tempel. Wandgemälde am gleichen Gebäude.

(Abb. 30, im Städtischen Museum zu Leipzig) ist aus jenem Holze geschnitzt, aus dem die Märtyrer wachsen. Während sein Weib in banger Sorge um den Lebensgefährten und doch mit liebevollem Verständnis die zusammengefalteten Hände auf seine Schulter gelegt hat und auf die Streitschrift blickt, die bald vor aller Welt Zeugnis ablegen soll von dem Wissen und Wollen des ein-

Dürer und Holbein unverkennbar. Aber das ist keine bloße Nachahmung. Wir wissen uns wenigstens keines Kopfes in den Werken jener beiden Meister zu erinnern, in dem so viel verhaltene Leidenschaft glüht wie in dem des Reformators, dessen Augen Blitze zu sprühen scheinen.

Aus dem XVI. Jahrhundert holte Gebhardt auch die Motive zu drei Genrebildern.

die so viel Anmuts- und Schönheitsfülle umschließen, daß sie die Ansicht derer widerlegen, die da glauben, daß dem Künstler 1877 entstanden (Abb. 31), zeigt uns ein neuvermähltes Paar, das nach langer Wagenfahrt endlich dicht vor dem Heim des jun-

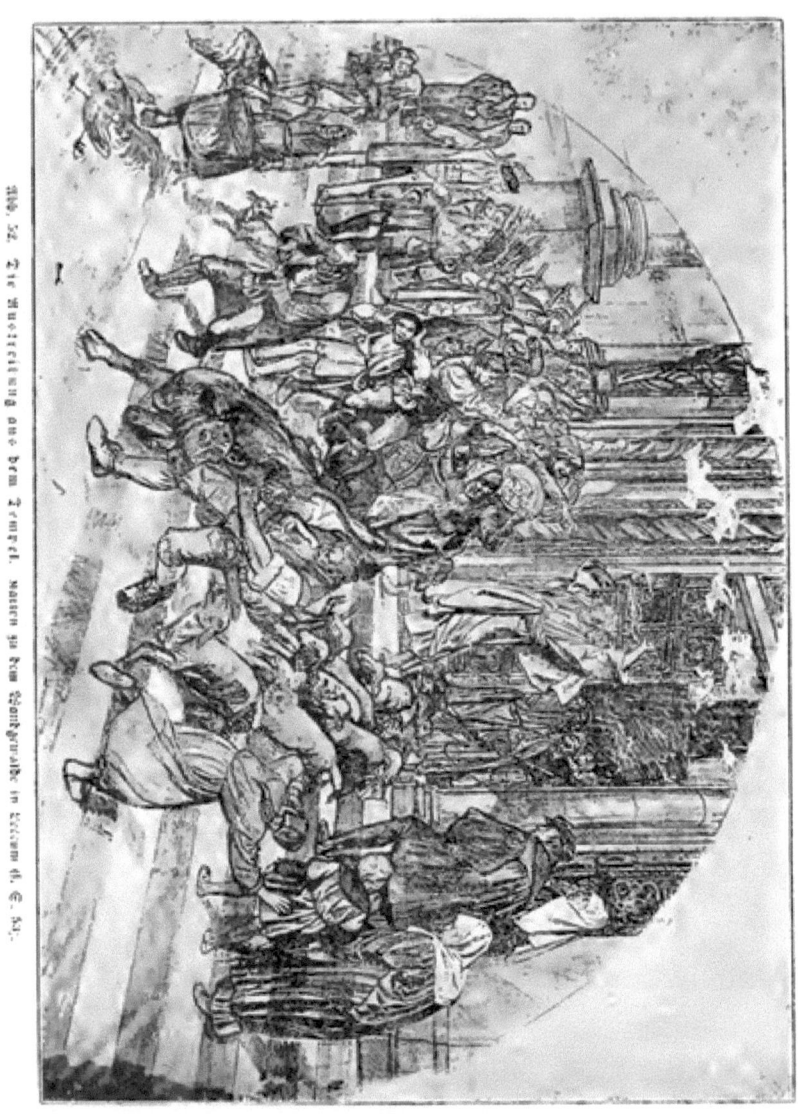

Abb. 32. Die Austreibung aus dem Tempel. Malerei zu dem Gemälde in Düsseldorf. Gez. ph. C. Aw.

unter dem Streben nach dem Charakteristischen, gleichviel in welcher Gestalt, auch in der häßlichsten, der Schönheitssinn verloren gegangen sei. Das erste, die „Heimführung", gen Gatten angelangt ist. Dieser führt sein anmutiges Weib über die niedergelegten Planken der Umzäunung und weist ihm mit der Rechten ihre künftige Wohnstätte, der der Hund freudig bellend entgegenspringt. Es war für Gebhardt wohl ein Wiederklang seines eigenen Eheglücks, den er in dieses Bild hineintrug. Trägt doch die junge Frau die Züge seiner Gattin, denen wir noch oft auf seinen Bildern begegnen werden. Er hat sie auch mehreremale, zuletzt 1895, nicht lange vor ihrem frühen Tode, in ihrer wirklichen Erscheinung gemalt (Abb. 32), in jener schlichten, aber doch tief ins Innere dringenden Charakteristik, die alle seine Bildnisse auszeichnet. Denn daß der größte religiöse Maler protestantischen Bekenntnisses in unserer Zeit auch ein trefflicher Meister der Bildnismalerei ist, ist nur das natürliche Ergebnis seiner ganzen, eng mit den Personen seiner Umgebung, mit den Menschen seiner Zeit verwachsenen Kunstanschauung. Er hat denn auch seit dem Anfang der siebziger Jahre eine beträchtliche Zahl von Bildnissen gemalt, die zum Teil Personen aus seiner estländischen Heimat darstellen, mit der er auch in späteren Jahren in Zusammenhang blieb. Ihr ist auch das Motiv zu der „Heimführung" entnommen. Denn in dem jungen Manne hat er einen der ersten estländischen Kolonisten dargestellt, der sich sein Weib aus seinem deutschen Vaterlande geholt hat. Das Bild befindet sich im Privatbesitz in Reval, wo Gebhardts Kunst von jeher einem vollen Verständnis begegnet ist.

Das zweite jener oben erwähnten drei Bilder, „Bei der Arbeit" (1882, Abb. 33), führt uns in ein trauliches Bürgerhaus des XVI. Jahrhunderts, wo zwei anmutige Töchter nach dem Beispiel der Mutter sich in ihren künftigen häuslichen Pflichten üben. Ist es der Gedanke an diese Zukunft, der die Mutter plötzlich in tiefes Sinnen versenkt hat, so daß sie die emsigen Finger ruhen läßt? Oder gedenkt sie der eigenen Jugend, wo auch sie unter der Obhut einer liebenden Mutter das schneeige Linnen zu Bettzeug und Gewand zurichtete? Zu physiognomischen Studien reizt auch das dritte der Genrebilder, in denen sich der Schönheitssinn des Künstlers am meisten offenbart hat: die Klosterschüler (Abb. 34). Auch über die beiden Knaben, die in der Bücherei eines Klosters über der Weisheit eines Kirchenvaters sinnen, ist schon etwas von dem Ernst jener Zeit gekommen, in der die alten Meinungen und Lehren ins Wanken gekommen waren und der forschende Geist alle Schranken niederzureißen begann. Darf man aus den Zügen der beiden Knaben herauslesen, was sich in ihnen noch unbewußt regt? Wird der eine, der sich mit ernster Anstrengung seines Hirns über den Folianten beugt und die Worte mit dem Finger verfolgt, nicht einst zu denen gehören, die am Buchstaben haften bleiben und den Geist töten? Und leuchtet nicht

Abb. 35. Christus. Studie zu dem Gemälde „Austreibung aus dem Tempel" (s. S. 59).

aus den dunklen Augen des anderen bereits das Feuer, das den Geist zu immer größerer Kühnheit des Denkens treibt?

Mit der Betrachtung dieser geistig und auch technisch zusammengehörenden Bilder sind wir der geschichtlichen Darstellung des Entwicklungsganges des Künstlers schon etwas vorausgeeilt. Denn im Jahre 1881 vollendete er ein Werk, das dem Abendmahl in der Größe des Stils wie in der Tiefe und Originalität der Charakteristik gleichkommt, wenn es sich auch in der koloristischen Behandlung wesentlich von ihm unterscheidet: die „Himmelfahrt Christi" in der Berliner

Nationalgalerie, s. die Abb. 35 und die dazugehörigen Studien Abb. 36–38). Es war die Frucht einer mehrjährigen Arbeit, die er bald nach Vollendung der ersten Kreuzigung in Angriff genommen hatte. Hier hatte er nicht wie bei dem „Abendmahl" mit großen Schatten der Vergangenheit zu kämpfen, die zu einem Vergleiche herausfordern, der ihn in Nachteil hätte bringen können. Es ist auffallend, daß insbesondere die Malerei der italienischen Renaissance fast völlig an der Himmelfahrt Christi vorübergegangen ist. Sie hat nur wenige Darstellungen dieses Gegenstandes hervorgebracht, in welchen der Reichtum der darin enthaltenen Motive kaum gestreift ist. Der Marienkultus des Mittelalters hatte die Person der Mutter des Heilands so stark in den Vordergrund der Andachtsübungen gerückt, daß die Himmelfahrt Mariae den Künstlern des XV. und XVI. Jahrhunderts und mehr noch denen des XVII., den italienischen wie ganz besonders den spanischen und vlämischen bald wichtiger und bedeutungsvoller und im Grunde auch malerisch reizvoller erschien als die Himmelfahrt Christi. Erst in unserem Jahrhundert wandten ihr die Maler wieder ihre Aufmerksamkeit zu. Aber es waren meist solche, die aus Cornelius' Schule hervorgegangen waren oder doch seinen Bahnen folgten, und wir wissen, daß Eduard von Gebhardt in ihren Darstellungen etwas Konventionelles, äußerlich Nachempfundenes sah, dem er etwas innerlich Geschautes und Erlebtes gegenüber stellen wollte. So auch bei der „Himmelfahrt", bei der nicht das über menschliches Verstehen hinausreichende Wunder die Hauptsache ist, sondern die Schilderung der Empfindungen, die jedes einzelne Mitglied der ersten Christengemeinde in Jerusalem bei dem körperlichen Scheiden ihres Herren und Meisters beseelt haben mögen. Nur wenige Worte im Anfang der Apostelgeschichte geben einige Andeutungen über diese Gemeinde, ihre Mitglieder und ihr Thun. Es war eine wirkliche Gemeinde, deren Mitglieder eng miteinander zusammenhingen und sich durch „Beten und Flehen" gegen die Anfechtungen der Juden und Heiden zu wappnen suchten. Neben den Aposteln werden auch die Frauen genannt, und ausdrücklich die Mutter Jesu und seine Brüder, aber diese wenigen Worte, denen sich noch als einziges künstlerisches Motiv die Mitteilung anschließt, daß der Herr durch eine Wolke vor den Augen der Seinigen hinweggenommen wurde, haben dem Künstler genügt, um uns einen tiefen Einblick in die Seelenkämpfe dieser Gemeinde, in ihr Fürchten und Hoffen,

Abb. 54. Studie zu dem Gemälde „Austreibung aus dem Tempel" s. S. 58).

Abb. 55. Studien zu dem Gemälde „Austreibung aus dem Tempel" s. S. 55.

in ihre Glaubensfreudigkeit und ihre Festigkeit im Glauben zu gewähren. Es sind Männer und Frauen verschiedenen Alters und verschiedenen Temperaments. Einer ist in tiefem Schmerze zu Boden gesunken, weil er den Abschied von der leiblichen Erscheinung des Herrn noch nicht fassen kann und darum in seiner Schwäche lieber sein Haupt verbirgt, um das Unfaßbare wenigstens nicht mit Augen zu sehen. Ein anderer wendet sich, von der himmelwärts kommenden Helle geblendet, ab, ohne vom Beten abzulassen. Aber die meisten erheben doch ihre Angesichter und folgen mit den Augen und mit den zum Gebet erhobenen Händen, von tiefen Schauern der Ehrfurcht erschüttert, dem Scheidenden, der, von Wolken getragen, segnend seine Hände über seine hinterlassene Gemeinde ausbreitet. Aus den Mienen der Zurückbleibenden spricht außer Glaubensfreudigkeit und Glaubenseifer auch die volle Ergebung in den göttlichen Willen. Es sind wirklich die Männer und Frauen, von denen Lukas am Schluße seines Evangeliums berichtet, daß sie nach der Himmelfahrt Christi wieder „mit großer Freude" nach Jerusalem zurückgekehrt wären und im Tempel Gott gelobt und gepriesen hätten.

Wenn Gebhardt sein Ziel, den Eindruck des göttlichen Wunders in den Seelen der Zurückbleibenden durch ihre Angesichter widerzuspiegeln, erreichen wollte, so mußte er auch in der Komposition von den hergebrachten Typen, wie sie namentlich Dürer, Tizian und Rubens in den verwandten Darstellungen

Abb. 56. Studien zu dem Gemälde „Austreibung aus dem Tempel" (S. 53).

der Himmelfahrt Mariae gegeben hatten, abweichen. Er öffnete den Kreis der Gläubigen, aus deren Mitte Christus entschwebt, und gewährte dadurch dem Beschauer einen freien Blick auf diejenigen, die unter dem unmittelbaren Eindruck der Abschiedsworte des Erlösers auf die Kniee gesunken sind. Wohl hat die Gestalt des im Vordergrunde niedergesunkenen Mannes, über den wir in den Kreis hineinsehen, etwas Gesuchtes und Studiertes, namentlich in der Anordnung des Faltenwurfs der Gewänder, die das Modellstudium noch durchblicken lassen. Aber wenn bei dieser einen Figur die Modellrealität noch nicht völlig in die höhere Naturwahrheit aufgegangen ist, so hat der Künstler das doch bei allen übrigen so vollkommen erreicht, daß nur das rein Geistige und Seelische zum Beschauer sprechen, daß sich diesen Elementen Äußerliches und Materielles unterordnen.

Die Kunst früherer Jahrhunderte hat

Abb. 57. Studie zu dem Gemälde „Austreibung aus dem Tempel" (S. 2.51).

nur ein Werk hervorgebracht, mit dem sich Gebhardts Bild vergleichen und an dem es sich messen läßt: die leider nur noch in einer Kopie erhaltene Himmelfahrt Mariae von Albrecht Dürer, dessen Original 1674 in München verbrannt ist. Es kann darum nur dieses eine Bild zum Vergleich herangezogen werden, weil sich Gebhardt in keinem seiner früheren Bilder, was die Charakteristik seiner Figuren betrifft, so eng an Dürer angeschlossen hat wie in der Himmelfahrt Christi. Ist auch das Original des Dürerschen Gemäldes zu Grunde gegangen, so sind uns

doch zahlreiche Studien des Meisters erhalten, darunter besonders eine Reihe prachtvoller Apostelköpfe, und gerade sie sind es, die einen Vergleich mit der Schöpfung des modernen Künstlers rechtfertigen. Auch wenn Dürer Zeichnungen großen Umfangs anfertigte, haben sie immer etwas Kleinliches und Peinliches, jenen Zug mühsamen Strichelns, den der große Künstler, der sich für seinen Lebensunterhalt mit subtilen Zeichnungen auf Holzstöcken und mit Kupferstichen abquälen mußte, niemals ganz verleugnet hat. Gebhardt hatte sich dagegen schon frühzeitig

Abb. 58. Studie zu dem Gemälde „Austreibung aus dem Tempel" S. 2. 58.

daran gewöhnt, Studienköpfe in großem Maßstabe, meist in Öl zu malen, und er gelangte dadurch zu einer Anschauung der Formen, in der sich scharfe Erfassung der charakteristischen Einzelzüge mit jener breiten Behandlung der Flächen verband, die wir als eine Grundbedingung des großen Stils betrachten. Diese große Formenanschauung zeigt sich auch bei der Anordnung der Gewänder, bei der Wiedergabe der Faltenbrüche, die bei Dürer, selbst in seinem monumentalen Hauptwerke, den vier Aposteln in München, immer etwas Kleinliches und Knitteriges haben. Es kann uns nicht in den Sinn kommen, daraufhin eine Überlegenheit des modernen Künstlers über den Großmeister deutscher Kunst zu begründen, zumal da Gebhardt einen großen Teil seiner Kraft, wenn nicht den besten aus dem Studium Dürers gezogen hat. Aber gerade die Erkenntnis und die Anerkennung des innigen Zusammenhangs zwischen den beiden Künstlern gibt uns das Recht, zu zeigen, wie und wo der moderne Künstler über den alten Meister hinausgewachsen ist, wo Gebhardt die Befangenheit Dürers überwunden und wo er zu einer freieren Gestaltung gelangt ist, wo er die Charakterisierungskraft Dürers erweitert und vertieft und somit an seinem Teil die Kunst der Darstellung auf dem von jenem eingeschlagenen Wege über ihn hinaus gefördert hat.

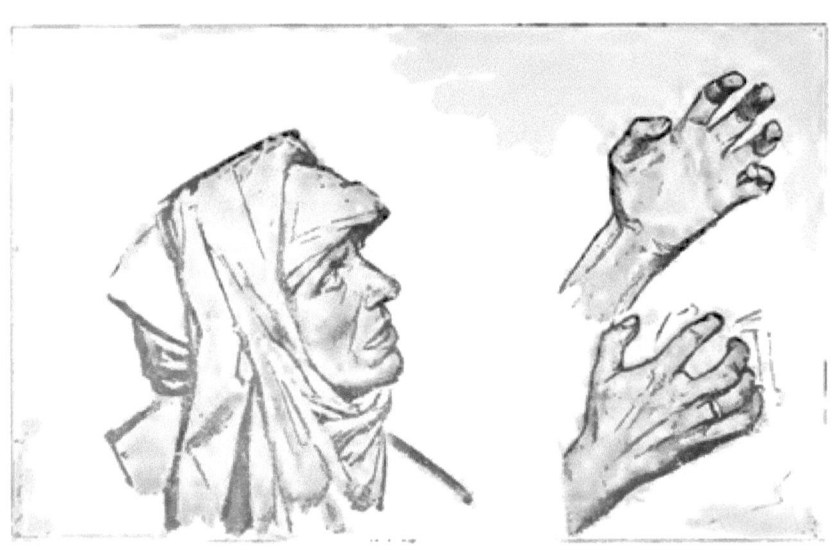

Abb. 59. Studie zu dem Gemälde „Austreibung aus dem Tempel" S. 2. 58.

Als diese Schöpfung Eduard von Gebhardts zuerst durch die Berliner Kunstausstellung des Jahres 1881 allgemein bekannt wurde, empfanden selbst die Freunde Gebhardtscher Kunst nicht die tiefe Befriedigung, die ihnen die früheren Werke des Künstlers bereitet hatten. Wohl fanden die Mannigfaltigkeit der Charakteristik, die Tiefe des seelischen Ausdrucks der Köpfe, aus denen die innerliche Ergriffenheit aller dieser einfachen Menschen mit Gewalt hervorbricht, und die tragische Grundstimmung des Ganzen volle Anerkennung. Aber man fand, daß diese Grundstimmung durch den braunen Gesamtton, der sich wie ein schwerer Schatten auf alle Lokalfarben legte, stärker, als nötig war, hervorgehoben wurde. Man glaubte schon, daß der Künstler, der bis dahin dem bunten Farbenreichtum der altniederländischen Meister gefolgt war, seinen koloristischen Stil mit vollem Bedacht geändert hätte und aus dem unbefangenen Erzähler christlicher Legenden im Volkstone des XV. und XVI. Jahrhunderts zu einem farben- und weltfeindlichen Eiferer und Bußprediger geworden wäre. Aber die nächsten Bilder des Künstlers widerlegten schnell diese Meinung, und jetzt, wo wir die „Himmelfahrt" sozusagen

Abb. 60. Die Hochzeit zu Kana. Wandgemälde im Kloster Loccum.

bereits in historischem Lichte betrachten, nicht, wie damals als einen End- oder Höhepunkt, sondern als ein Glied in der künstlerischen Entwickelung Gebhardts, will es uns scheinen, als hätte er mit der ernsten, schwermütigen Färbung des Bildes eine tiefe symbolische Absicht verbunden. Der seelische

Ausdruck der Köpfe genügte ihm allein nicht, auch durch das Kolorit wollte er die Trauer veranschaulichen, die sich der Verlassenen bemächtigte, als sie zum letztenmale ihre leiblichen Augen zu dem scheidenden Führer aufhoben, über den sich die lichten Strahlen der Himmelsglorie ergießen, während sie im

Dunkel des Erdenleids zurückbleiben.

In demselben Jahre, wo die „Himmelfahrt" vollendet wurde, entstand noch ein großes Altarbild für die Kirche in Ziegenhals in Schlesien, das in der Größe der Auffassung und Durchführung mit der „Himmelfahrt" verwandt ist: Christus, der, auf dem Meere wandelnd, dem kleingläubigen Petrus die Hand reicht, im Hintergrunde das mit Wind und Wogen kämpfende Schiff mit den übrigen Jüngern und darüber, wo die Wolken sich teilen, Gott Vater und die Taube des heiligen Geistes (Abb. 39). —

* * *

Schon im Jahre 1874 war in Gebhardts Lebensverhältnissen eine Veränderung eingetreten. Die großen koloristischen Fähigkeiten, die er sich durch das Studium der alten Meister erworben, hatten in den Kreisen seiner Düsseldorfer Kunstgenossen viel früher Anerkennung gefunden als in der übrigen Welt, und da die schwere Erkrankung Theodor Hildebrandts schon längst eine neue Lehrkraft

Abb. 62. Studie zur Braut in der „Hochzeit zu Kana" (S. 61).

Abb. 63. Studie zum Bräutigam in der „Hochzeit zu Kana" (S. S. 61).

für die Malklasse notwendig gemacht hatte, fiel die Wahl auf Gebhardt, der am 11. März 1874 in das Lehrerkollegium eingeführt und neben Julius Röting, einem der besten Koloristen der Düsseldorfer Schule, mit der Leitung der „mittleren Malklasse" betraut wurde. Schon im folgenden Jahre wurde er zum Professor ernannt, und in späteren Jahren, nachdem der Lehrgang der Akademie mehrfach umgestaltet worden, erhielt er auch die Leitung einer Klasse für sein Spezialfach, für religiöse Malerei. Obwohl Gebhardt schon damals der Meinung war und diese Meinung noch heute vertritt, daß die Art, wie die alten Meister ihre Kunst erlernten und weiterlehrten, dem Studiengange an den Akademien bei weitem vorzuziehen, ja der eigentlich richtige sei, hat er doch seines Lehramts, nachdem er es einmal übernommen, mit dem redlichen Eifer gewaltet, der einen Grundzug seines künstlerischen wie seines persönlichen Charakters bildet. Vor allem war er bemüht, den akademischen Unterricht mit dem Ideal von Künstlererziehung, das er sich gebildet hatte, möglichst in Einklang zu bringen, und einmal war er auch nahe daran, dieses Ideal zu verwirklichen. Eine 1883 unternommene Studienreise nach Italien hatte ihn auf den Weg dazu gewiesen. Er hatte einsehen gelernt, daß der beständige Wechsel der „Moden" in der Malerei und namentlich die Ausstellungen mit ihren wechselnden Einflüssen auf das Aussehen eines Bildes den Maler unsicher mache, und da er ein Gegenmittel gegen diese Unsicherheit in dem Studium harmonischer Räume zu finden hoffte, ging er nach Italien. An den dortigen Wandmalereien wollte er lernen, wie man Staffeleibilder zu malen hätte, die nicht dem Wechsel der Mode ausgesetzt sein würden. Er hielt sich dabei keineswegs an die Schöpfungen einer bestimmten Kunstepoche. Mit gleichem Eifer studierte er die altrömischen Wandmalereien in noch vorhandenen Räumen, die mit Mosaiken ausgeschmückten mittelalterlichen Kirchen, die Malereien in den Kirchen und Palästen der Früh- und Spätrenaissance und des Barockstils. Einen besonders tiefen Eindruck auf ihn machte das Studium der von Pinturicchio ausgemalten Borgiagemächer im Vatikan. In Pinturicchio lernte er dabei einen Meister kennen, den er neben Sodoma für den größten Koloristen der italienischen Renaissance hält, die Venetianer natürlich ausgenommen, die in der Geschichte der italienischen Malerei eine gesonderte Stellung einnehmen.

Die Gesetze, die er aus dem Studium der italienischen Wandmalerei kennen lernte, gaben ihm die Richtschnur für sein ganzes späteres Schaffen. Seit dieser Zeit denkt er sich jedes Bild mit der Wand zusammen, und dadurch wird er von vornherein zu einem einheitlichen Farbenaccord gezwungen. Nach Düsseldorf zurückgekehrt, machte er sich sofort ans Werk, um die gesammelten Erfahrungen auch seinen Schülern nutzbar zu machen. Auch sie sollten einsehen lernen, daß die Beherrschung des Einzelnen mit Sicherheit nur auf dem Erfassen des Ganzen erreicht werden könne. Mit Hilfe des Architekten Professors Schill, des Lehrers der Perspektive an der Akademie, entwarf er die Skizze zur Dekoration eines Zimmers in seinem Hause. Dem Bilderschmuck legte er aus bestimmten Gründen kleine Holzschnitte aus dem Trostspiegel von Petrarca und dergleichen zu Grunde. Diese Kompositionen ließ er von den Schülern neu bearbeiten, dazu Alte zeichnen, Gewänder nach der Natur malen, die sich in Silhouette und Linienführung möglichst den Originalen näherten, und überhaupt alle Studien so machen, wie es der Zweck erforderte. Dabei lernten die Schüler in überraschend kurzer Zeit, schon im Alte auszudrücken, was die Figur sagen sollte, und auch die übrigen Studien vernunftgemäß und den Zwecken entsprechend anzufertigen. Nebenbei begriffen sie aber auch, wieviel Tüchtigkeit und Können, wieviel Schönheitssinn und Ausdruck in diesen unscheinbaren Arbeiten aus guter Zeit stecken; sie lernten die Schönheiten guter Kunstwerke würdigen und sehen, auch wo sie nicht ins Auge fiel. Nachdem die also ausgeführten Kartons auf die Wände übertragen worden waren, tuschte Gebhardt schnell den ganzen Raum an, so daß er in der Farbenwirkung nun fertig dastand und jede Einzelheit sich dem Farbenaccord des Ganzen unterordnete. Nun konnte jeder Schüler sein Stück ausführen, wobei ihm der Kreis gezogen war, in den er sich einzufügen hatte. Der Erfolg dieser Methode blieb nicht aus. Leute, die zum erstenmale einen Pinsel in die Hand nahmen, begriffen schnell das Malen, und meist war nicht einmal eine Korrektur nötig. Bedurfte es aber einer solchen, so ließ Gebhardt den Schüler selbst zur Einsicht seines Fehlers kommen. Wenn einer z. B. einen Kopf gemalt hatte, der dem Meister mißlungen erschien, so rief ihn Gebhardt vom Gerüst herunter und fragte ihn, wo denn der Kopf wäre, den er gemalt. Der Schüler war dann sehr erstaunt, wenn er sah, daß seine Arbeit gar nicht wirkte, gar nicht bemerkbar war. Bald aber erkannte er, daß er durch Mangel an Entschiedenheit, durch Betonung von kleinlichen Einzelheiten die Wirkung zerstört hatte, und nun wußte er, wie er einzusetzen hatte.

Das Zimmer wurde schnell vollendet, der Versuch war geglückt, und das Lehrerkollegium der Akademie ermutigte den Künstler, mit seiner Methode fortzufahren. Es wurde sogar das akademische Reglement modifiziert, so daß sich diese neue Lehrmethode in den Rahmen des akademischen Unterrichts einfügte und andere Lehrer der Akademie ähnliche Versuche machen konnten. Der Kultusminister bewilligte auch eine Summe Geldes, die es Gebhardt ermöglichte,

Abb. 64. Studie zum Kellermeister in der Hochzeit zu Kana (s. S. 61).

in derselben Weise einen zweiten Raum ausmalen zu lassen. Die neue Arbeit fing auch ganz verheißungsvoll an, geriet aber bald ins Stocken, weil die Schüler, mit denen Gebhardt die Methode zuerst erprobt hatte, die Reise erlangt hatten, selbständige Arbeiten machen zu können, und neue Schüler sich nicht meldeten. Die folgende Generation sah eben in einer solchen Arbeit eine Verzögerung in ihrer Ausbildung, ein Hindernis auf dem Wege zur heiß ersehnten Selbständigkeit. Weitere Versuche wurden nicht mehr gemacht. Obgleich Gebhardt noch immer diese Art, die Schüler zu erziehen, für durchaus richtig und praktisch hält, so verhehlt er sich doch nicht, daß diese Methode heute nicht mehr allgemein durchführbar ist. Es fehlt eben an Meistern, die ständig genügende Aufträge haben, um ohne Beeinträchtigung ihres eigenen Schaffens und ohne materielle Nachteile Schüler in dieser Weise heranbilden zu können.

Es ist hier der Ort, die Ansichten, die sich Eduard von Gebhardt über das Wesen und die Bedeutung der Akademien in unserer Zeit während einer nunmehr fünfundzwanzigjährigen Lehrthätigkeit gebildet hat, wiederzugeben, wobei wir uns zum großen Teil der eigenen Worte des Künstlers bedienen dürfen, der dabei auch nicht mit seinen Meinungen über die moderne Kunstbewegung hinter dem Berge hält. Wie die Verhältnisse nun einmal liegen, sind unsere Akademien nach seiner Ansicht noch immer die denkbar besten und zweckmäßigsten Einrichtungen. Trotz aller Anfechtungen von außen her arbeiten

Abb. 65. Studien zu dem Gemälde "Hochzeit zu Kana" S. Z. 64.

sie kräftig und unablässig an der großen Aufgabe, die ihnen gerade jetzt obliegt. Diese Aufgabe ist, in die kommende Generation so viel an Können, an Beherrschung der Form und Farbe hinüberzuretten, daß, wenn eine künftige Zeit die Ernüchterung von den heutigen Modethorheiten bringt, diejenigen, die sich berufen fühlen, wirklich künstlerische Gedanken und Empfindungen zum Ausdruck zu bringen, nicht davon verkümmern, daß sie außer stande sind, das zu sagen, was sie gerne sagen möchten. Es ist ein frevelhaftes Spiel, wenn Männer, die dazu berufen wären, eine hohe Kunst zu hüten und zu fördern, ohne irgendwelche Erfahrung in Dingen der künstlerischen Erziehung, ohne eine Ahnung davon zu haben, was ein Künstler alles kennen muß, wenn er sich ungehindert und frei von der Leber weg aussprechen will, ihr Ansehen mißbrauchen, um

Abb. 66. Studie zu dem Gemälde „Hochzeit zu Kana". 1. B. 61.

die Akademien zu diskreditieren, und die Jugend in ihrem Wahn bestärken, daß Autodidakten am ehesten große Lichter werden können und daß die Akademien ihre Aufgabe verkennen, wenn sie die Schüler mit tüchtigem Können für ihren Lebensweg ausrüsten. Wem es ehrlich und ernstlich darum zu thun ist, vermeintliche Mißstände abzustellen, der kann, wenn er einen guten Einfall zu haben meint, sehr wohl seine Reformpläne der zuständigen Behörde unterbreiten, oder er kann sie mit erfahrenen und tüchtigen Männern, denen die Künstlererziehung ein ernster Lebensberuf ist, besprechen und sie dafür erwärmen. Durch Kritiken und heftige Angriffe in Zeitungen und Zeitschriften wird nur unnötige Erbitterung hervorgerufen, niemals aber eine gute Wirkung erzielt.

Nicht minder frevelhaft ist es, wenn eine große Zahl von Kunstkritikern Ausstellungsgegenstände als originelle Kunstwerke preist, in denen irgend eine Absonderlichkeit an Stelle des ernsten Wollens und Könnens

getreten ist. Die werdenden Künstler werden ja durch keinen äußeren Zwang zum Lernen genötigt, und wenn ein junger Mann in den Zeitungen scheinbar ernsthafte Besprechungen und Lobpreisungen ausgestellter Bilder liest, von denen er sich sagen kann: „Das kann ich auch machen!", so glaubt er weitere Mühe und Kosten sparen zu können. Es ist ja nur wenig nötig, um heute ein origineller Vertreter einer neuen Richtung zu werden. Er fängt auf eigene Hand selbständig an, findet auch wie sein Vorgänger wohlwollende Beachtung und Aufmunterung — wenn aber die augenblicklichen Erfolge nicht anhalten, wenn er dann zur Besinnung kommt, ist er ein unglücklicher Mensch. Denn das Publikum in seiner großen Mehrheit verhält sich immer noch ablehnend gegen die Bilder der „neuen Richtung", Bilder, auf denen man Lüfte sieht, „in die sich nie eine zwitschernde Lerche schwingen würde, Bäume, deren Zweige nie ein Lüftchen bewegen könnte, Fernen, in die es nie den Stab des Wanderers ziehen wird, und Menschen, mit denen man nie ein Wort wechseln möchte." Die Leute aber, welche in diesen krankhaften hysterischen Auswüchsen eines geschwächten Geschlechts das Vibrieren der Nerven höher organisierter Menschen „Anfängen" zu begnügen, wenn kein gesundes Werden die Fortsetzung bildet.

Es ist nicht der Zornesausbruch eines alt gewordenen, mißmutigen Künstlers, dem der Übermut und die raschen Erfolge der

Abb. 67. Studie zu dem Gemälde „Hochzeit zu Kana" (s. S. 61).

sehen wollen, die zunächst noch durch „perverse Neigungen verdunkelten Anfänge eines Wachstums in höhere Regionen hinein" zu erkennen meinen und schon manchem „aufgehenden Stern einer neuen Zeit" freudig entgegenjubelten — diese Leute werden des ewigen Begrüßens mit der Zeit auch müde werden, werden es müde werden, sich dauernd mit

Jugend sein Absatzgebiet zu schmälern drohen, sondern das Glaubensbekenntnis eines Mannes, der, trotzdem daß er die Sechzig bereits überschritten hat, immer noch aufwärts strebt und mit jedem neuen Werke einen neuen Schritt in die Höhe thut, eines Mannes, zu dem selbst die Verwegensten unter den Jungen mit scheuer Ehrfurcht emporblicken.

Durch seine energischen Thaten hat er sich auch das Recht zu scharfen Worten erworben, die aber nach seiner Absicht niemand verletzen, sondern nur von Irrwegen abmahnen, vor Gefahren warnen sollen, denen die deutsche Kunst bei dauernder Vernachlässigung der künstlerischen Ausbildung der Jugend ausgesetzt ist.

* * *

Noch vor dem Antritt der Reise nach Italien vollendete Gebhardt eine „Pietà" oder, wie der Katalog der Dresdener Gemäldegalerie, in deren Besitz das köstliche Bild gelangt ist, seinen Inhalt richtiger bezeichnet: die Pflege des heiligen Leichnams (Abb. 10). Welch ein Gegensatz zur Himmelfahrt! Während sich in diesem Bilde das Göttliche von dem Menschlichen für immer scheidet, fordert auf dem anderen noch der Mensch sein Recht, das Recht der Liebe, das auch dem Ärmsten und Elendesten zu teil wird, wenn er seine Laufbahn als Erdenpilger vollendet hat. Noch gehört der

Abb. 68. Studie zur „Hochzeit zu Kana" (S. 2. 61).

Abb. 69. Studie zur „Hochzeit zu Kana" (S. 2. 61).

Gekreuzigte den Seinen, die ihm, zwar von tiefster Trauer im Geiste niedergedrückt, aber doch in körperlicher Rüstigkeit ihre letzten Liebesdienste weihen. Nicht unter freiem Himmel, wie auf den Bildern der italienischen Meister, vollzieht sich die Waschung und Salbung des Leichnams, sondern in der trauten Stille eines norddeutschen Bürgergemaches, in dem sich gute Nachbarn und Freunde zusammengefunden haben, um den nächsten Leidtragenden das Schwerste abzunehmen. Die vier Männer, die sich auf der rechten Seite des Bildes niedergelassen haben die Studie zu dem am äußersten Ende Sitzenden gibt Abb. 11 wieder — haben die Bahre mit dem Leichnam herbeigetragen, und jetzt harren sie in dumpfer Trauer, bis die Frauen ihre Arbeit vollendet haben. Der Mann, dessen Kopf hinter ihnen sichtbar ist, ist der Künstler. Er hat sich die Freiheit genommen, sich mit seinen drei Kindern, die vor ihm stehen, die Rechte auf einen Tisch stützend. Er läßt die Augen nicht von dem toten Meister, dessen Haupt im Schoße seiner Mutter ruht, die die thränenschweren Augen geschlossen hat. Zwei Frauen sind um den Leichnam bemüht: die eine kämmt das zerzauste Haar,

Ausgewendet im Kloster Dorpat. — Der Herrenberger Altar. —

leibhaftig zu Zuschauern der heiligen Handlung zu machen, die jeder gläubige Christ im Geiste immer von neuem durchlebt, wenn er in einem der Evangelien die Geschichte des Leidens und Sterbens Jesu Christi liest. In der Mitte des Gemaches steht Johannes, tief gebeugt und erschüttert, die andere wäscht mit einem Schwamm das Blut von der Handwunde. Eine dritte und vierte bringen Wasser herbei, und eine fünfte holt Leinenzeug aus dem Schrank. Wie reich aber auch genrehafte Züge von dem Künstler angewendet worden sind, so ist dadurch doch nichts von dem Ernst und der tiefen Bedeutung der Handlung verloren gegangen. Alle Gedanken, die diese Menschen erfüllen, sind nur auf einen Mittelpunkt, auf den Toten gerichtet. Wer dieser ist und was er uns bedeutet, erkennt jeder Christ, trotz der fremdartigen Umgebung, aus der sich auch Maria und Johannes sowohl durch ihre Typen, die sich bei Gebhardt allmählich so fest ausgebildet hatten wendigkeit empfanden, Christus und die heiligen Männer und Frauen wenigstens äußerlich als Menschen zu kennzeichnen, die über der Menge des Volkes stehen, das der Gnade teilhaftig werden will. Es sind im Grunde genommen die Trachten des orientalischen und des griechisch-römischen Altertums, die die christliche Kunst des frühen Mittelalters von der heidnischen übernommen

Abb. 71. Studien zur „Heilung des Gichtbrüchigen" s. S. 70.

wie sein Christustypus, als durch ihre Tracht herausheben. Hier hat Gebhardt erst die letzten Konsequenzen seiner historischen Kunstanschauung gezogen. Christus und die Seinigen läßt er in Gewändern erscheinen, die sich durch ihren Schnitt und den Faltenwurf merklich von denen des Volkes unterscheiden, die doch einen bestimmten Zeitcharakter, den des späten Mittelalters, zeigen. Der Künstler ist auch darin seinen Vorbildern, den alten niederländischen und deutschen Meistern, gefolgt, die die Not hatte und die sie auf die im Anfang des XV. Jahrhunderts erwachte realistische Kunst vererbte, die sonst der starr gewordenen Typik des Mittelalters ein neues Leben gegenüber stellte. Aus der Beobachtung der Natur und der Menschen um sich herum hatten die alten Niederländer, zuerst die Miniaturisten und nach ihrem Vorgange die Tafelmaler, dieses neue Leben in die Kunst eingeführt. Es ist auch in die körperlichen Erscheinungen Christi und der Seinigen, die sich unter dem Volke bewegen, übergegangen. Aber an den überlieferten Trachten wollten die alten Künstler nichts ändern, weil diese Trachten einmal ihren Volksgenossen aus ehrwürdigen Andachtsbildern vertraut geworden waren und weil auch der Frömmigkeitssinn dieser Künstler ihnen ein Rütteln an der Überlieferung verbot. Am Ende wirkte auch instinktiv in ihnen etwas mit, was wir heute Stilgefühl nennen, und dieses Stilgefühl hat auch Gebhardt stets vor jenen bis zur Geschmacklosigkeit getriebenen Ausschreitungen bewahrt, in die gewisse moderne Franzosen und leider auch einige Deutsche bei Darstellungen aus der biblischen Geschichte geraten sind, die freilich mehr durch niedrige Sucht nach Sensation, als durch ein religiöses Bedürfnis eingegeben waren. —

Nach der Rückkehr von seiner italienischen Reise, auf der Gebhardt so reiche Erfahrungen gesammelt hatte, daß seine Kunst eine neue, festere Grundlage erhielt, sollte er bald Gelegenheit finden, jene Erfahrungen an einer großen Aufgabe zu erproben. Die preußische Kunstverwaltung hatte sich seit dem Ende der siebziger Jahre mit großem Eifer der Förderung der monumentalen Malerei angenommen, die unter der Ungunst der Zeiten fast völlig in Vergessenheit geraten und bei den Künstlern außer Übung gekommen war. Die treibende Kraft war der damalige Direktor der Berliner Nationalgalerie Max Jordan, der schon vor Übernahme seines Amts litterarisch dafür eingetreten war. Nachdem er auch als vortragender Rat und Decernent in das Kultusministerium berufen worden war, bot sich ihm die Möglichkeit, seine Gedanken verwirklichen zu lassen, und seiner Beredsamkeit gelang es, den Eifer, der ihn beseelte, auch auf die Künstler zu übertragen, die er sich zur Ausführung seiner Pläne auserkoren hatte. Zu ihnen gehörte auch Gebhardt, dessen künstlerische Bestrebungen schon frühzeitig in Jordan einen verständnisvollen Freund und Förderer gefunden hatten. Die Aufgabe, die Jordan ihm zugedacht hatte, war die Ausmalung eines Raumes in dem Kloster Loccum bei Bad Rehburg im Regierungsbezirk Hannover, dem einzigen noch vorhandenen evangelischen Kloster, das auch ein Predigerseminar beherbergt. Es ist ein ehemaliges, aus der zweiten Hälfte des XIII. Jahrhunderts stammendes Cisterciener-kloster, das noch vieles von seinen alten architektonischen Schönheiten bewahrt hat. So im Erdgeschoß des sonst völlig neugebauten westlichen Flügels einen Teil des Refektoriums, dessen Decke von vier Gewölben gebildet wird, wodurch sich sechs

Abb. 72. Studie zur „Heilung des Gichtbrüchigen" (S. 3. 70).

Abb. 73. Studien zur „Heilung des Gichtbrüchigen" (s. S. 70).

von Rundbogen abgeschlossene Wandflächen ergeben. Dieser Raum dient jetzt als Kollegienzimmer für das Predigerseminar, und es sollte einen Wandschmuck erhalten, der die jungen Geistlichen immer an das hohe Amt erinnern soll, das draußen in der Welt ihrer harrt.

In seiner Bescheidenheit wehrte Gebhardt anfangs den Antrag ab, weil er sich nicht die Kraft zur Ausführung einer solchen Aufgabe zutraute. Schließlich siegte aber doch Jordans Überredungskunst, und 1884 machte sich Gebhardt an die Arbeit, die ihn bis 1891 in Anspruch nahm, weil er die Gemälde nicht etwa in seinem Atelier auf die Leinwand malte, wie es jetzt leider vielfach üblich geworden ist, sondern unmittelbar auf den Wänden in Kaseïnfarben ausführte. Zuvor hatte er nach der guten alten Art, die seit den Tagen des Cornelius in Düsseldorf heimisch geworden war, der sie selbst den Großmeistern der Renaissance abgelernt hatte, die Kartons zu den einzelnen Darstellungen gezeichnet, danach in Aquarellen die beabsichtigte farbige Wirkung festgestellt, und dann machte er, je nachdem die Arbeit fortschritt, ganz wie er es von seinen Schülern verlangte, zahlreiche Figuren-, Kopf-, Hand- und Gewandstudien nach der Natur, gelegentlich auch in Loccum selbst, gerade wie ihm der Zufall die passenden Modelle in den Weg führte.

Der Grundgedanke, der die sechs Darstellungen verbinden und erfüllen sollte, zu denen an der Fensterwand noch eine siebente hinzukam, war die Beziehung auf das Predigtamt, auf das die jungen Theologen in diesem Raume vorbereitet werden. Wenn sie sich der Fensterwand zukehren, fällt ihr Blick auf die Kreuzigung Christi. Wegen der die Wand durchbrechenden Fenster konnte der Künstler hier keine geschlossene Komposition geben, sondern er mußte die Hauptgruppe mit den drei Kreuzen, die Leidtragenden und die Menge der Zuschauer auf die Fensterpfeiler verteilen (Abb. 42 u. 43). Es ist der Augenblick, wo Christus, dessen Haupt von einer Strahlenglorie umflossen ist, dem zu ihm emporblickenden, bußfertigen Schächer die tröstenden Worte zuruft: „Heute noch wirst du mit mir im Paradiese sein."

Abb. 71. Studien zur „Heilung des Gichtbrüchigen" i. S. 70.

Der sterbende Erlöser soll die künftigen Diener der Kirche stetig daran erinnern, daß „von ihm alles Heil kommt und daß es ihr herrliches Amt ist, dieses Heil allen anzubieten und darzureichen." Die übrigen sechs Darstellungen verteilen sich zu je zweien auf die drei Wände. Auf dem Gemälde über der Eingangsthür, die sich auf unserer Abbildung noch in einem provisorischen Zustande befindet (s. Abb. 44 und die dazu gehörige Studie Abb. 45) sehen wir Johannes den Täufer, der mit seinen Jüngern durch das Dunkel eines deutschen Bergwaldes gewandert ist, um sie dem Stärkeren zuzuführen, der nach ihm kommen wird. Sie haben ihn gefunden, und Johannes weist mit der Hand auf ihn, dem alles Volk zugelaufen ist. Die letzten sieht man noch auf der rechten Seite des Gemäldes, die hier unmittelbar in die Komposition des Nachbarbildes, die Bergpredigt Christi, hinübergreift (Abb. 46; siehe die dazu gehörigen Studien Abb. 47 bis 50). Auf einem Bergplateau, von dem man weit in die Lande hinausblickt, auf Thäler und Höhenrücken, die einander begegnen und durchschneiden und zuletzt den Horizont begrenzen, sitzt der Heiland im Schutze einer Baumgruppe. Es ist eine deutsche Frühlingslandschaft, die den passenden Rahmen für die Leute abgibt, die zu Fuß und zu Wagen herbeigeeilt sind, um die Botschaft von einem neuen Glaubensfrühling zu hören, die auch den Ärmsten das Himmelreich verheißt und gerade die Einfältigsten selig preist. Sie haben einen weiten Kreis um den Prediger des Evangeliums der Liebe gebildet und beeifern sich jetzt, nachdem sie die mitgebrachten Kinder versorgt und ihren Spielen überlassen haben, recht viel von den Worten aufzunehmen, die der Messias zu ihnen sagen wird. Die künstlerische Aufgabe, die Gebhardt hier zu lösen hatte, war, die äußerlichen Gebärden des angespannten Zuhörens und Lauschens und den vom Zu-

Abb. 45. Studie zur „Heilung des Gichtbrüchigen" S. 2 70

hören erlangten, inneren Eindruck, der sich in Dutzenden von Gesichtern widerspiegelt, in einen deutlichen Zusammenhang zu bringen. Es waren hier seelische Reflexbewegungen sinnlich darzustellen, die den Modellen nicht äußerlich aufgedrückt werden konnten, sondern aus wirklichen Menschen heraus entwickelt werden mußten, wenn sie glaubwürdig erscheinen sollten. Die von uns wiedergegebenen Studien lassen erkennen, auf welchem Wege Gebhardt dazu gelangt ist, sein Ziel zu erreichen, mit einer großen Mannigfaltigkeit der Gesichtstypen eine vollendete Wahrheit des Ausdrucks zu verbinden. Man betrachte nur die Gruppe der Mutter mit den drei Söhnen, deren verschieden geartetes Temperament sich schon darin kundgibt, wie sie sich zu der für diese Altersstufe immer beschwerlichen Zumutung stellen, eine Predigt anzuhören (Abb. 47). Denn man darf wohl vermuten, daß Gebhardt diese Studien und wohl auch die anderen drei nicht nach Modellen gemacht hat, die er sich in seiner Werkstatt erst mühsam zurecht gestellt, sondern

Abb. 56. Studien zur „Heilung des Gichtbrüchigen" (s. S. 79).

daß er sie mit schnellem Pinsel nach Beobachtungen in Kirchen während des Gottesdienstes festgehalten hat. Einen Gesichtsausdruck, wie ihn die Frau zeigt, die „fröhlich im Herrn" in fester Gläubigkeit zum Verkünder des Wortes aufblickt, findet man bei berufsmäßigen Modellen nicht. Wo Gebhardt solche angewendet hat, um etwa eine Hand- und Armbewegung oder einen Faltenwurf zu studieren, hat er die zugehörigen Köpfe meist nur angedeutet. Die menschlichen Seelen studierte er in anderen Kreisen, und dem unermüdlichen Seelenforscher ist es bis jetzt gelungen, noch immer Menschen zu finden, deren äußere Schale von derselben Glaubenswärme durchleuchtet wird, die ihn selbst erfüllt. Sein Blick erfaßt bei diesen Naturstudien auch die Körperformen, die trotz vieler Mischungen und Kreuzungen der deutschen Volksstämme, trotz der Einführung fremden Bluts in einzelne Gegenden des nordwestlichen Deutschlands immer noch die Kennzeichen des alten Rassetypus bewahrt haben. Wir empfangen darum auch nicht den erkältenden Eindruck einer Maskerade, wenn wir sehen, wie Gebhardt die Mutter und den drei Knaben, die er nach der Natur in der schlichten Tracht einer Handwerkersfrau unserer Tage aufgenommen, mit den Gewändern des sich seinem Ende zuneigenden deutschen Mittelalters bekleidet hat. Da erscheinen uns Körper und Gewänder wie zusammengewachsen, und mit einem Male blicken wir in das Geheimnis Gebhardtscher Kunst, wie sich in seinem um sich und rückwärts schauenden Geiste Vergangenes und Gegenwärtiges verbindet, wie er in der anscheinend so nüchternen und kunstlosen Gegenwart noch die Spuren einer entschwundenen Romantik findet, die nur der schaffenden Phantasie bedürfen, um zu neuem Leben erweckt zu werden. Jetzt wissen wir auch, warum sich die Gestalten Gebhardts so lebenswahr und doch geschichtlich so echt und überzeugend darstellen.

Wenn wir uns in der Runde umblicken, die sich vor dem Heiland gebildet hat, sehen wir alle bürgerlichen Stände vertreten, von dem Landmann, der die Pflugschar verlassen hat, um dem Zuge seines religiösen Bedürfnisses zu folgen, bis hinauf zu den gelehrten Männern im Hintergrunde links, die mit der gleichen Aufmerksamkeit, mit derselben Sammlung und Hingabe den Worten des Predigers folgen, wie die Leute aus dem Volk. Zufällig ihres Weges ziehende Krieger, die ihr rauhes Handwerk vorwärts drängt, haben Halt gemacht, um etwas für ihr unsterbliches Teil mitzunehmen, und der Hirt, der vorn an einem Baum sitzt, wendet sich von seinen Schutzbefohlenen zu dem größeren Hirten, von dessen Lippen in einem anderen Sinne die Worte gekommen sind: „Weide meine Schafe." Durch diesen Zug der Darstellung wird den zukünftigen Seelenhirten auch ein besonderer Hinweis auf die Pflichten ihres Berufs gegeben. Die geistlichen Herren im Hintergrunde sind Bildnisfiguren, Porträts der Hospites, die zur Zeit, als Gebhardt malte, in Loccum studierten, und des Pastors von Loccum, Rogert. Auch die Landschaft zeigt den Bewohnern des Klosters vertraute Züge, da der Künstler darin Motive aus der Umgebung von Loccum verwoben hat.

Zu dieser Idylle mit dem liebevoll lehrenden, ermahnenden und verheißenden Heiland in der Mitte steht auf der gegenüber liegenden Wand der zürnende und strafende Christus,

Abb. 17. Die Ehebrecherin vor Christus. Wandgemälde im Kloster Loccum.

der mit geschwungener Geißel und drohenden Händen die Wechsler und Krämer aus dem Tempel treibt und die also gereinigte Gottesstätte wieder den wahrhaft Gläubigen öffnet, in scharfem Kontrast (Abb. 51; s. den Karton und die Studien dazu Abb. 52—59). In keinem seiner früheren Werke hatte der Künstler eine so starke dramatische Kraft entfaltet wie hier. Von den Lippen des eifernden Heilands, zu dessen Kopf der Künstler eine Studie gemacht hat, die wiederum für die staunenswerte Feinheit seiner psychologischen Beobachtungen zeugt, ein wahrhaft klassisches Spiegelbild des aus einer edlen Seele aufgeflammten, gerechten Zornes (Abb. 53), sind Donnerworte gekommen, die wie ein Sturmwind über die Tempelhändler hinweggebraust sind und sie zu wilder Flucht getrieben haben. Unter Drohungen, Verwünschungen und Flüchen so wild und gellend, daß sich der Knabe vorn die Ohren zuhalten muß, stürzen sie die Stufen hinab, die Wechsler mit ihren Tischen, die Krämer und Händlerinnen mit ihren Körben und dem ihnen nachstürmenden Vieh, das sie drinnen zu Reinigungs- und Sühnopfern feilhielten. In der Hast kollern sie durch- und übereinander; aber mitten in der Verwirrung behalten Habsucht und Erwerbssinn in diesem Volke die Oberhand: noch im Fliehen zählt der Mann auf den untersten Stufen des Tempels die Silberlinge, die er aus dem Zusammenbruch gerettet (Abb. 55). Während sich die unsauberen Geister davon machen, ziehen rechts und links die Andächtigen wieder in das Gotteshaus ein.

Trat uns in der Bergpredigt die tröstende und erbauende Liebe, in der Austreibung aus dem Tempel das Walten der göttlichen Strafe entgegen, so will uns das dritte Bild, die Hochzeit zu Cana, das räumlich an die Austreibung angrenzt, vor Augen halten, daß ohne christlichen Ehebund die letzte und beste Weihe fehlt, wenn er des Segens des Höchsten entbehrt. Wie nicht selten auf seinen Bildern hat Gebhardt auch hier die Überlieferung der Evangelien in freier Weise behandelt, wenn nicht fast sogar vertieft und mehr den Gebräuchen des deutschen Hauses angepaßt. Er hat nicht, wie es alle seine Vorgänger, insbesondere die Venetianer der Renaissancezeit, getan haben, die aus der Hochzeit zu Cana zuletzt ein Fest mit weltlichen Belustigungen, mit Musikanten und Possenreißern machten, das Gastmahl mit der Verwandlung des Wassers in Wein zur Darstellung gewählt, sondern den früheren Augenblick, wo das junge Paar nach der Einsegnung im Gotteshause, von dem Zuge der Kerzen tragenden Brautführer und Brautjungfern gefolgt, in die festlich geschmückte Halle tritt, wo ihrer das Hochzeitsmahl harrt. Aus dem Kreise der Eltern und Verwandten, die zum Empfange der Neuvermählten versammelt sind, ist Christus herausgetreten und hat mit der Rechten die Hand der züchtig die Augen senkenden Braut ergriffen, während sich seine Linke ermahnend und segnend auf die Schulter des Bräutigams legt. Auch Gebhardt hat bei einem vorwiegend weltlichen Feste die Beigabe genrehafter Züge in der ihm geläufigen, realistischen Auffassung nicht verschmäht. Von der Musiktribüne im Hintergrunde lassen sich Trompeter und Fiedler hören, und im Vordergrunde sitzt bei seiner nur kleinen Zahl von Weinbehältern der Kellermeister und blickt voll Mißtrauen und Besorgnis auf die stattliche Schar der Gäste, denen sein Weinvorrat nicht gewachsen ist. Aber unter diesen Nebendingen leidet die Würde des feierlichen Vorganges nicht, dem die vom Gewölbe unter Laubgewinden herabhängende Tafel mit der Inschrift: „Ich und mein Haus wollen dem Herrn dienen" Inhalt und Bedeutung gibt (Abb. 60; s. den Karton und die Studien dazu Abb. 61—69).

Die den Fenstern gegenüber liegende Wand wird von zwei Darstellungen eingenommen, denen ein gemeinsamer Gedanke mit Beziehung auf das Bild des Gekreuzigten an der Fensterwand zu Grunde liegt. „Was er am Kreuz erworben, hier wird's ausgeteilt: die Vergebung der Sünden; und damit wird uns noch einmal vor die Seele geführt, wie es des evangelischen Predigtamts höchste, alles umfassende Aufgabe ist, allen Sündern die sündenvergebende Gnade zu verkündigen." Das eine dieser Bilder schildert nach den Worten des Markusevangeliums die Heilung des Gichtbrüchigen, deren Schauplatz eine norddeutsche Stadt ist, im besonderen der Altan vor einem Hause, zu dem von der Straße eine Treppe emporführt. Diese, der Vorplatz und die Straße sind dicht von Menschen besetzt, die immer neu nachzudrängen scheinen: neugierige Gevatterinnen, Bauern mit Sensen, Rechen und Heugabeln, die von der Feldarbeit heimkehren und bei der Kunde von dem Erscheinen des Wunderthäters stehen geblieben sind.

gelehrten hinter ihm das Wort gesprochen: „Mein Sohn, deine Sünden sind dir vergeben", und schon hat er die Hand des in gläubiger Hoffnung zu ihm aufschauenden

Abb. 78. Die Ehebrecherin vor Christus. Karton zu dem Wandgemälde in Loccum 4. 2. 77

Oben auf dem Dache sieht man die Männer, die das Dach abgedeckt und das Bett mit dem Gichtbrüchigen an Seilen herabgelassen haben. Christus hat eben zum Entsetzen der Schrift-

Kranken ergriffen, um zur Bekräftigung der ihm gegebenen Macht, auf Erden die Sünden zu vergeben, die Worte folgen zu lassen: „Stehe auf, nimm dein Bett und gehe beim!" Mit spannungsvoller Erwartung folgt die Menge den Gebärden des Heilands. Die einen sind bereits vom Schauer des Göttlichen ergriffen, aus den Mienen der anderen spricht gläubige Zuversicht, und nur selten huscht ein Schatten von Zweifelsucht über ein Angesicht. In der linken Ecke des Bildes hat der Künstler seiner Dankbarkeit gegen die beiden Männer Ausdruck gegeben, die sich um die Förderung des Werkes besonders verdient gemacht haben, den schon erwähnten Geheimrat Jordan, den damaligen Decernenten für Kunstangelegenheiten im Kultusministerium, und den Generaldirektor der Königlichen Museen Richard Schöne,

und Schriftgelehrten, die ihre Köpfe und Ohren dem Heiland zuwenden, um kein Wort von seiner Rede zu verlieren, damit sie endlich einen Vorwand bekämen, um sich des lästigen Propheten und Wunderthäters zu entledigen. Dieser aber erhebt mit gelassener Miene die Hand und ruft denen, die ihn mit Fragen bedrängen und mit spitzfindigen Reden verwirren wollen, die Worte zu: „Wer unter euch ohne Sünde ist, der werfe den ersten Stein auf sie!" Zwar will das eine der alten Weiber, die die Lust am Ärgernis, das der Nächste gibt, in die Kirche gelockt, noch voll Entrüstung über den Spruch die Hände zu-

Abb. 77. Studien zu den Händen Christi auf dem Bilde „Die Ehebrecherin" vor Christus

indem er dort ihre Bildnisse angebracht hat (Abb. 70; f. die dazu gehörigen Studien Abb. 71—76).

Das letzte Bild der Reihe zeigt uns Christus mit seinen Versuchern und Widersachern, den Schriftgelehrten und Pharisäern, die ein im Ehebruch ergriffenes Weib vor ihn geführt haben, um ihn zu einem Urteil herauszufordern und dadurch in Widerspruch mit dem mosaischen Gesetz zu bringen, das diese Sünde mit dem Tod durch Steinigung bedroht. Der Schauplatz ist aber nicht ein jüdischer Tempel, sondern in richtiger Konsequenz seiner historisch-realistischen Auffassung hat Gebhardt den Vorgang in den Chor eines romanischen Doms verlegt. In den Chorstühlen sitzen die Rabbiner

sammenschlagen; aber schon beginnt der tiefe Sinn dieser duldsamen Weisheit in die Herzen und Gewissen derer zu dringen, die Christus versuchen wollten, und, jetzt selber in Verwirrung gebracht, senken sie verlegen und beschämt die Köpfe (Abb. 77; f. den Karton und die Studien dazu Abb. 78—84).

Als Gebhardt die Arbeiten in Loccum vollendet sah, kam er erst zu dem Bewußtsein des reichen künstlerischen Gewinns, den ihm die Reise nach Italien gebracht hatte. Was er dort erworben, hat er, noch unter dem frischen Eindruck des Gesehenen, in den Bildern für Loccum zum erstenmale wieder ausgegeben, und während der Arbeit lernte er erst die Freiheit der Bewegung, die er an den italienischen Meistern so oft bewundert, die ihm aber bisher gefehlt hatte. Er hatte gelernt, in großem Stile und monumental zu denken, er hatte gelernt, im Bilde die Wirkung eines Raumes ausklingen zu lassen, und vor allem war ihm das volle Verständnis für den Wert der farbigen Wirkung aufgegangen. Wie sich alle seine künstlerischen Fähigkeiten freier und größer entwickelten, so hatte auch das Kolorit an diesem künstlerischen Wachstum seinen Anteil. Die schwere und trübe Färbung, die der „Himmelfahrt" anhaftet, ist seitdem niemals wieder auf einem Bilde Gebhardts bemerklich gewesen, und mehr und mehr begann ihn die Lösung der schwierigsten koloristischen Probleme zu beschäftigen. Wenn auch die Bilder für Loccum in ihren Grundzügen den Charakter Gebhardtscher Kunst, das spezifisch nordische Gepräge, behalten haben, so läßt sich doch auch in gewissen Einzelheiten, namentlich in den Trachten — wir machen nur auf Abb. 56, 62 und 80 aufmerksam — der Einfluß italienischer Vorbilder nicht verkennen. So war Gebhardts Kunst durch die in Italien gemachten Studien nach allen Richtungen hin bereichert worden, und in tiefer Dankbarkeit ge

Abb. 80. Studie zu dem Bilde „Die Ehebrecherin vor Christus".

Abb. 84. Studien zu dem Bilde „Die Ehebrecherin vor Christus" (S. 2.77).

brachte. Nicht so sehr in dem 1886 gemalten, segnenden Christus mit dem Weinstock (Abb. 85), der sich in seiner feierlichen, monumentalen Auffassung und Haltung und in seiner ernsten koloristischen Stimmung noch an den Christus des „Abendmahls" und der „Himmelfahrt" anschließt, als in der geistvollen Skizze „Christi Darstellung vor dem Volke" (Abb. 86, 1889, in der Kunsthalle zu Düsseldorf, auf der die dramatische Bewegung der tobenden Volksmasse noch durch die scharfen Gegensätze der Licht- und Schattenwirkung gesteigert wird. Man ist versucht, hier auch noch an den Einfluß Rembrandts zu denken, speziell an jene Zeit seines Schaffens, die man die „Periode des farbigen Helldunkels" nennt, und an Rembrandt erinnert auch die oft nur mit wenigen Pinselstrichen erreichte Schärfe in der Charakteristik der vielen Köpfe, die in stark ausgeprägter Individualität aus dem Gewühl auftauchen. Pilatus erscheint in der Amtstracht einer deutschen Magistratsperson des XVI. Jahrhunderts, mit der Miene und Gebärde eines klugen Diplomaten, der zwischen seinem eigenen Gewissen, zwischen seiner Überzeugung und der blinden Wut der Menge zu vermitteln sucht, aber schon drauf und dran ist, achselzuckend dem Geschrei blöder Thoren nachzugeben.

Auf einen etwas weniger farbigen Ton war wieder der „ungläubige Thomas" gestimmt (1889, in der Kunsthalle zu Düsseldorf), was zum Teil durch den Schauplatz der Scene bedingt war, da die Jünger, denen der Auferstandene erscheint, in einem halb unterirdischen Raume versammelt sind, zum Teil durch die Trauer, die auf den Verwaisten lastet und die doch auch im Kolorit zum Ausdruck kommen mußte. Eine größere Befriedigung empfand Gebhardt jetzt aber offenbar, wenn er seiner Neigung zu einem reichen Aufwand leuchtender Lokalfarben nachgeben konnte, die er entweder durch das lauschige Helldunkel eines dämmerigen Raumes zu einer feinen Harmonie zusammenfaßte oder auf dem Hintergrunde

denkt er jetzt des Mannes, der ihn zur Ausführung der Bilder für Loccum fast zwingen mußte.

* *

Trotz der Fülle von Einzelstudien und Vorarbeiten, die diese Wandgemälde erforderten, fand Gebhardt noch die Zeit, in den Jahren 1884—1891 mehrere Staffeleibilder auszuführen, in denen er zum Teil ebenfalls die neuen, in Italien erworbenen koloristischen Anschauungen zur Geltung einer die Grundstimmung des Vorganges wiederspiegelnden Landschaft zu einem Strauß von funkelnder Pracht vereinigte. Aus diesem Bestreben ist seit 1891 eine Reihe von Bildern hervorgegangen, in denen der Kolorist Gebhardt mit dem trefflichen Seelenergründer und Charakterschilderer auf gleicher Höhe steht, denen nichts Unzulängliches und Ungelenkes mehr anhaftet, in denen sich alle künstlerischen Kräfte, die in ihm geschlummert hatten, völlig entwickelt und ausgeglichen zeigen.

Das erste dieser Bilder zeigt uns „Christus in Bethanien", den Besuch des Heilands bei jenem Schwesterpaar Maria und Martha, die uns nach der Erzählung des Lukasevangeliums die Vorbilder des beschaulichen und des thätigen Lebens geworden sind (Abb. 87; 1891, in der Galerie zu Barmen). Es ist eine der lieblichsten Idyllen im Erdenwallen Christi, die uns die Evangelisten überliefert haben: der Heiland im traulichen Heim einer Familie, die ihm offenes Haus und offene Herzen bot, bei der er Glauben und hingebende Treue fand und wo er in dem Bruder der beiden Lazarus einen Jüngling gefunden hatte, der ihm lieb geworden war. Was wir bei Lukas und Johannes an verschiedenen Stellen lesen, hat der Künstler zu einem einheitlichen Bilde im Rahmen eines altdeutschen Hauses zusammengefaßt. An dem Fenster, durch dessen Scheiben das Sonnenlicht in den behaglichen Raum dringt, macht sich Martha, die sich immer sorgt und müht, an dem Linnen zu schaffen; aber während der Arbeit wendet sie den Kopf nach der Thür, um einem Knecht, der schon von dannen eilt, noch schnell einen Auftrag mit auf den Weg zu geben. Im Vordergrunde sitzt Maria, die das gute Teil erwählt hat, neben dem Heiland, in tiefes Nachdenken über die Worte des Herrn versunken, die dieser an den sinnend vor sich hinblickenden Lazarus richtet. Er erinnert in seiner Tracht an einen Scholaren des Mittelalters, dem ein weiser Lehrer eine schwierige Stelle in dem Buche deutet, das vor ihm aufgeschlagen auf dem Tische liegt. Auch die alte Magd des Hauses, die eben von dem Markte heimgekehrt zu sein scheint, wo sie für die leiblichen Bedürfnisse des werten Gastes gesorgt hat, ist einen Augenblick stehen geblieben, um etwas von seiner erquickenden Rede zu hören. Hier hat sich der Künstler weit über seinen Stoff erhoben. Aus den knappen Worten, den kargen Andeutungen der Evangelien hat seine Phantasie ein Bild voll Farbe und plastischer Lebendigkeit geschöpft, dem er noch die Wärme echt deutscher Empfindung mitgeteilt, dem er etwas von jenem idealen Schimmer mitgegeben hat, der vom deutschen Familienleben ausstrahlt.

Noch stärker prägt sich der germanische Volkscharakter auf dem Bilde „Christus und der reiche Jüngling" (Abb. 88; siehe die Studie dazu Abb. 89) aus. Der Schauplatz ist ein weiter scheunenartiger Raum in einem Bauernhause, der, wie die Futterraufe im Hintergrunde und die zum Heuboden führende Leiter andeuten, hauptsächlich als Viehstall dient. Um den wandernden Prediger und Wunderthäter hat sich die Gesellschaft niedergelassen, die wir aus den Erzählungen der Evangelisten kennen: die geistig Armen, die leiblich Kranken und die Krüppel. Wie wir

Abb. 82. Studie zu dem Bilde „Die Ehebrecherin vor Christus." S. Z. 77.

den Zuhörerkreis übersehen und danach das Kapitel im Matthäusevangelium lesen wollen, das uns die Geschichte vom reichen Jüngling berichtet, der sich das ewige Leben erwerben, aber nicht von seinen Gütern lassen will, werden wir beim Aufschlagen gewahr, daß kurz zuvor von den Kindlein die Rede war, die man zu Christus gebracht hatte, denen aber die Jünger den Zutritt wehren wollten. Diesen Vorgang hat der Künstler noch in seiner Darstellung nachklingen lassen, indem er im Vordergrunde der Komposition Mütter mit Kindern verschiedenen Alters im Kreise gruppiert hat, von dem kleinen, ganz vorn im Stroh sitzenden Hemdenmatz aufwärts bis zu den halbwüchsigen Mädchen, in denen bereits das Verständnis für die Rede des gütigen Lehrers zu dämmern beginnt. Es ist, als ob Christus eben die Worte gesprochen hätte: „Lasset die Kindlein, und wehret ihnen nicht, zu mir zu kommen; denn solcher ist das Himmelreich", und nun wendet er sich zu dem mit einer kostbaren Schaube von Brokatstoff bekleideten Jüngling, der sich ihm mit der bangen Frage genaht hat, deren Beantwortung ihn noch von der letzten Not, die sein Leben bedrängt, retten soll. Schon aus der Handbewegung Christi sehen wir, wie einfach die Antwort auf die Frage lauten wird, und nicht minder deutlich steht in den weichen, energielosen Zügen des Jünglings geschrieben, daß ihm die Kraft fehlt, dem Gebot des Herrn zu folgen und seine Güter den Armen zu opfern.

Es ist bezeichnend für die Macht, die die Kunst Gebhardts auf den Beschauer übt, daß man immer zuerst die Wirkung des Inhalts der Darstellung, der Kraft und Tiefe des Ausdrucks, der fesselnden Charakteristik empfindet, die trotz der Wiederkehr einzelner Typen immer eine große Mannigfaltigkeit bietet, weil der Künstler unablässig bestrebt ist, den Schatz seiner Studien zu vermehren. Erst wenn das Auge dieses alles aufgenommen hat, erschließt es sich auch den rein künstlerischen Reizen eines Gebhardtschen Bildes, bei diesem besonders der meisterlichen Behandlung des in dem Stalle herrschenden Halbdunkels, in das von rückwärts nur durch ein paar Thür- und Fensteröffnungen das Tageslicht hineindringt, der feinen Abstimmung der Lokalfarben gegeneinander und unter dem Einfluß der aus verschiedenen Lichtquellen zufließenden Beleuchtung.

Einen weiteren Fortschritt auf dem Wege, schwierige Beleuchtungsprobleme zu studieren und in überzeugender Weise zu lösen, bezeichnet der „zwölfjährige Jesus im Tempel" (1893, Abb. 90). In den mit hoch hinaufreichendem Wandgetäfel ausgestatteten Nebenraum einer mittelalterlichen Kirche, eine Sakristei oder ein Versammlungszimmer der Geistlichkeit, dringt von zwei Seiten das Licht: von den nicht sichtbaren Außenfenstern und durch die weit geöffnete Thür, die ins Innere der Kirche führt. Im Rahmen dieser Thür steht, ganz von hellem Sonnenlichte umflossen, Maria, die die Sorge um den Erstgeborenen hierher geführt hat und die nun voll Erstaunen, den Vermißten im Kreise der weisen Väter zu finden, die Hände erhebt. Der Knabe achtet aber in seinem Eifer der Mutter nicht. Er hat sich halb von seinem Sitze erhoben und sucht das Gewicht seiner Rede bei dem

Abb. 89. Studie zu dem Bilde „Die Ehebrecherin vor Christus" (s. S. 77).

Abb. 84. Studien zu dem Bilde „Die Ehebrecherin vor Christus" S. Z. 77.

Manne ihm gegenüber, der ihn mit prüfenden Augen betrachtet, durch eine Gebärde seiner Hand zu unterstützen. In seiner Haltung, in dem kaftanartigen Rock, der seinen schmächtigen Körper umhüllt, in dem Ausdruck seines scharf geschnittenen, hageren Antlitzes zeigt der Knabe unverkennbar jüdische Züge und Eigentümlichkeiten, die Gebhardt sonst auf seinen Bildern wenig oder gar nicht hervortreten läßt, weil er doch immer die Vorgänge der heiligen Geschichte im Spiegel deutschen Volkstums sieht. Hier bedurfte er aber, um den Vorgang dem Beschauer auf den ersten Blick verständlich zu machen, gewisser Rassenmerkmale. Er hat sie nur sehr diskret, mit einem leichten Anflug von Humor verwendet; sie reichen jedoch aus, um den Beschauer den Gegensatz zwischen dem aufgeweckten, frühreifen Judenknaben und den würdigen Gelehrten deutlich zu machen, die teils mit lebhafter Teilnahme, teils mit freundlichem Wohlwollen, teils aber auch noch mit Zweifel und Geringschätzung die schlagfertigen Antworten ihres jungen Disputanten aufnehmen.

In demselben Jahre, wo Gebhardt dieses Meisterwerk geistvoller, tief eindringender Charakteristik vollendete (1893), entstand auch eine zweite Darstellung der „Bergpredigt". Sie schließt sich zwar in den Grundzügen an die Komposition des Loccumer Wandgemäldes an, ist aber erweitert und in den Einzelheiten vielfach verändert worden, einerseits, weil es die veränderte

Bildfläche verlangte, andererseits, weil der Künstler eine noch stärkere koloristische Wirkung erzielen wollte. An die Stelle der Geistlichen im Hintergrunde links, die nur für Loccum Bedeutung haben, ist eine Anzahl von Männern und Frauen aus dem Volke getreten, wodurch der Kreis der Zuhörer nach rückwärts noch weiter ausgedehnt worden ist. Auf der rechten Seite sind einige von den Jüngern Christi fortgeblieben, dafür hat der landschaftliche Hintergrund eine Erweiterung erfahren, wie überhaupt die Landschaft völlig verändert, in den Einzelheiten auch reicher ausgebildet wurde

Abb. 85. Der segnende Christus.
Mit Genehmigung der Photographischen Gesellschaft in Berlin.

(Abb. 91). Auch die Heilung des Gichtbrüchigen hat Gebhardt auf Grund der Loccumer Komposition, aber in den Einzelheiten von dieser vielfach abweichend, zum Gegenstande eines Ölgemäldes gemacht, das in den Besitz des Schlesischen Museums zu Breslau gekommen ist.

Hatte Gebhardt bis dahin die Motive zu seinen religiösen Bildern ausschließlich aus den Erzählungen der vier Evangelisten geschöpft, so brachte das Jahr 1894 darin eine Wandlung, indem er zum erstenmale auf einem kleinen Bilde voll köstlichen koloristischen Reizes einen Stoff aus dem Alten Testament in der ihm eigenen Ausdrucksweise, aber mit starker poetischer Empfindung gestaltete: den Kampf des Patriarchen Jakob mit dem Engel (in der Dresdener Galerie).

Abb. 86. Christi Darstellung vor dem Volke (1893, in der Kunsthalle zu Düsseldorf).

Nach der Erzählung im ersten Buch Mosis hat Gebhardt zum Gegenstande seiner Darstellung gewählt. Auf der Decke, die ihm als Nachtlager dienen sollte, kniet der greise Patriarch in prächtigem, lang herabwallendem Sammetgewande und umklammert mit vollen

(Abb. 87. Christus in Bethanien. 1891. In der Galerie zu Bremen. Photographischer Verlag der Photographischen Union in München.)

gegnung mit einem Manne gehabt, der die ganze Nacht mit ihm rang, bis die Morgenröte anbrach, ohne daß einer den anderen überwältigen konnte. Den Augenblick, wo der Engel des Herrn, dessen Lichtgestalt den leiblichen Augen Jakobs verborgen bleibt, zu den himmlischen Höhen entschwinden will, Armeskräften, aber mit dem Ausdruck inbrünstigen Bittens die Beine des von einer Strahlenglorie umflossenen Engels, dessen weiße Gewänder im Morgenwinde flattern: „Ich lasse dich nicht, du segnest mich denn!" Und schon erhebt der Engel die Hände, um dem heißen Flehen des gottesstarken Mannes zu willfahren. Jenseits des Flusses, hinter dem Walde, der das Ufer umsäumt, bricht die aufgehende Sonne durch das leichte Gewölk und wirft einen mattroten Schein auf die phantastische Scene im Vordergrunde.

cholderbusch Rast gemacht, nachdem er zuerst seinen Mantel auf die Erde gebreitet, um sich ein Lager für die Nacht zu rüsten. Beim Herannahen des Morgens ist der Engel des Herrn in einer Wolke dahergefahren und

Abb. xx. Christus und der reiche Jüngling (1892).
(Photographie-Verlag der Photographischen Union in München.)

Vier Jahre später malte Gebhardt ein Seitenstück dazu, indem er wiederum zu einem der auserwählten Männer des Alten Bundes den Engel des Herrn gesellte: „Elias in der Wüste." Auf seiner Flucht in die Einöde hat der Prophet unter einem Wa- hat dem Schläfer die Schulter gerührt, damit er Speise empfange und den Befehl Jehovahs vernehme. Elias hat sich bei der Berührung halb erhoben und gibt durch eine Gebärde seiner Linken zu erkennen, daß er dem Gebote des Herrn zu folgen bereit sei.

Aus dieser Gebärde, mehr noch aus den Augen, die er zu dem himmlischen Boten emporgerichtet hat, spricht das gläubige Vertrauen, die vollste Ergebung in den Willen Gottes. Hat Gebhardt bei seinem Jakob in der Bildung des Kopfes und in der Tracht sich im großen und ganzen an den hergebrachten Patriarchentypus gehalten, so ist er hier wieder ganz und gar seine eigenen Wege gegangen, die immer auf die Natur führen. Elias ist ein derbknochiger Mann aus dem deutschen Volke, mit großen

Abb. 90. Gewandstudie zum Christus auf dem Bilde „Christus und der reiche Jüngling" (S. 2 80).

Händen und Füßen, dem man es schon zutraut, daß er zur Not vierzig Tage und Nächte laufen kann, und der Engel hat nichts Ätherisches, nichts von seiner himmlischen Herkunft an sich. Er sieht eher aus wie ein blondköpfiger, deutscher Bauernbursche. Aber gerade diese schlichten, ohne lange Wahl aus dem Volke gegriffenen Gestalten, mit denen sich die echt deutsche Heidelandschaft zu inniger Harmonie verbindet, entsprechen durchaus der Naivetät, der Einfalt der biblischen Erzählung, deren Geist Eduard von Gebhardt so tief erfaßt hat wie kein zweiter Künstler seiner Zeit, wie überhaupt kein

anderer Meister der neueren Malerei seit den Tagen Dürers.

Die Geschichte der beiden Schwestern in Bethanien, in deren friedliche Häuslichkeit uns Gebhardt 1891 blicken ließ, hat ihm später noch den Stoff zu einem zweiten Bilde gegeben, zu der „Auferweckung des Lazarus" (Abb. 92). Hier tritt jener Idylle das ernste Drama gegenüber, die finstere Gewalt des Todes, die der göttliche Überwinder von Hölle und Tod aber besiegt, weil er bei Maria und Martha den rechten Glauben gefunden hat. Johannes hat uns die Geschichte dieser Auferweckung ausführlich überliefert, und die Worte, die er den Heiland zu Martha sprechen läßt: „Ich bin die Auferstehung und das Leben. Wer an mich glaubt, ob er gleich stürbe" sind einer der Grundsätze des christlichen Glaubens geworden. Darum hat sie auch die bildende Kunst, seit der Zeit, wo sie den ersten Christen ihre unterirdischen Versammlungsplätze und Grabstätten schmückte, in ihren Schilderungen der Wunderwerke Christi besonders bevorzugt, als ein Sinnbild trostreicher Verheißung für die Toten und die Lebenden. In den Jahrhunderten, die die Entwickelung der Kunst nach jenen Katakombenmalereien durchmessen hat, ist sie auch einmal bei der Darstellung dieses Wunders zu einem Höhepunkte gelangt, der denen, die dies Wunder der Kunst zuerst sahen, als zum zweitenmale unerreichbar, als schlechthin unübertrefflich galt. Es war die Auferweckung des Lazarus, die Sebastiano del Piombo unter Mitwirkung Michelangelos geschaffen hat. Und das Urteil der Nachwelt hat den Zeitgenossen Sebastianos in so fern Recht gegeben, als die Tonart, die dieser angeschlagen hat, nicht mehr verstärkt worden ist. Die Erzählung des Johannes klingt in einem feierlichen Pathos aus, von dem auch die Darstellung Sebastianos in allen ihren Teilen getragen wird. Durch die Komposition konnte dieses Pathos noch etwas gesteigert werden, wie es z. B. Rubens getan hat, indem er durch die Beschränkung der Figurenzahl die Gestalt Christi noch machtvoller hervortreten ließ.

Aber sobald es jemand wagte, das Pathos der Gebärde und des Ausdrucks der Gesichter noch zu erhöhen, ward sein Bild zu einer hohlen Theaterscene. Vor der Gefahr, auf diesem unfruchtbaren Wege weiterzuschreiten, schützte Gebhardt schon sein künstlerisches Naturell, das sich, wie wir schon mehrfach betont haben, gegen alles Pathetische ablehnend verhält. Darum hat er für seine Darstellung auch nicht den Augenblick gewählt, wo Christus ruft: „Lazarus, komm heraus!" sondern er hat wieder seiner Gewohnheit nach verschiedene Momente der evangelischen Erzählung zu einem Vorgang vereinigt. Lazarus hat sich aus seinem steinernen Sarkophage bereits erhoben, die Freunde sind beschäftigt, die Tücher zu lösen, mit denen er gebunden war; aber noch vermag er nicht zu verstehen, was ihm widerfahren ist, und tastend faßt er sich an die Stirn, um die Erinnerung an das Letztvergangene wachzurufen. Währenddessen hat Christus die Rechte segnend auf das Haupt der vor ihm knieenden, glaubensstarken Maria gelegt, deren Angesicht von dem Gefühl unendlichen Dankes und Glückes verklärt ist, und mit der Linken weist er zu dem Höheren empor, der ihm die Macht über den Tod gegeben hat. Der anderen aber, die Maria zum Friedhof geleitet haben und ihr durch das Eingangstor gefolgt sind, haben sich scheue Ehrfurcht und starres Entsetzen bemächtigt, daß sie wie gelähmt dastehen und nicht näher zu treten wagen. Und wie es im wirklichen Leben in solchen Augenblicken, die einen urplötzlichen Wechsel von hoffnungsloser Trübsal zu heller Freude bringen, zu geschehen pflegt, daß sich dem tiefen Ernst der Situation, den Beteiligten ganz unbewußt, ein komischer Zug beigesellt, so ist auch Gebhardt darin der Wahrheit des Lebens gefolgt. Auf den alten Mann in der ersten Reihe der Zuschauer hat der plötzliche Schreck so lähmend gewirkt, daß er mit offenem Munde wie angewurzelt stehen geblieben ist, ein drolliges Bild grenzenloser Bestürztheit und zugleich ein Meisterstück humorvoller Charakteristik. Auch die alten flandrischen und deutschen Künstler, die Gebhardt als seine Lehrmeister verehrt, liebten es, selbst auf die erschütterndsten Scenen in dem großen Trauerspiel von Christi Leiden und Tod einen Schimmer menschlichen Humors fallen zu lassen.

Die schöpferische Kraft, die der Künstler in der Deutung und Umformung der biblischen Überlieferung zu bethätigen pflegt, wenn er einem oft behandelten Stoff eine neue Gestalt geben will, hat er bisher am stärksten in den „Jüngern in Emmaus" (1897) offenbart. Aus dieser Episode des Erdenwandels Christi nach seiner Auferstehung hatten die Künstler früherer Zeiten bisher immer nur zwei Momente gewählt: entweder den Gang nach Emmaus, die Wanderung der beiden Jünger, denen sich Christus unerkannt zugesellt hat, in der Abenddämmerung zur Herberge, oder das Mahl, bei dem Jesus, zwischen den beiden Jüngern sitzend, am Brotbrechen von ihnen erkannt wird. Gebhardt entschied sich für keinen dieser Momente, sondern fand einen dritten, durch den das psychologische Interesse ausschließlich auf die beiden Jünger konzentriert wird. Wir sind im Gastzimmer eines Wirtshauses, dessen echt deutscher Charakter durch den Tisch, die Stühle, das Eß- und Trinkgerät, besonders aber durch den mächtigen Kachelofen in der einen Ecke des Raumes betont wird. Der Abend ist hereingebrochen, und eben hat die alte Wirtin die Thür geöffnet und den einen Fuß auf die Schwelle gesetzt, um das Licht zu bringen, dessen Flamme sie sorglich mit der Linken vor dem Windhauche schützt, als sie zu ihrem Erstaunen gewahr wird, daß das Gemach bloß zwei Gäste beherbergt. An den dritten erinnert nur noch der leere Lehnstuhl an der einen Langseite des Tisches. Welchen Eindruck aber die Offenbarung seines Wesens, sein plötzliches Verschwinden auf die beiden zurückgebliebenen Tischgenossen gemacht hat, liest man deutlich aus ihren Gesichtern, aus der Haltung ihrer Körper, über die eine Erstarrung gekommen ist. Der Ältere von ihnen, ein würdiger bärtiger Mann in hohen Jahren, mit eingefallenen Wangen und tief liegenden Augen hat sich in plötzlichem Erschrecken vor der Wundererscheinung erhoben. Mit halbgeöffnetem Munde, aber schon mit dem Ausdruck tiefer Ergriffenheit über das Gesehene blickt er dem Entschwundenen nach in die Höhe, von der sich ein lichter Schein auf den Raum zu ergießen scheint, während die Rechte noch das Brot hält, das er eben gebrochen hat. In scheuer Furcht schmiegt sich der neben ihm sitzende Gefährte an ihn, ein bartloser

Abb. 91. Die Bergpredigt 1902.
(Photographie-Verlag der Photographischen Union in München.)

Jüngling, dessen feine durchgeistigte Züge aber bereits von heißem Ringen nach der Wahrheit und dem ewigen Heil zeugen. Auch er blickt, die Hände gefaltet, in die Höhe, und schon glüht aus seinen Augen das Feuer des Glaubens an den, der sie noch kurz vorher Thoren und trägen Herzens gescholten. Nur ein Meister, der der Kraft, Tiefe, Innigkeit und Ehrlichkeit seiner Charakteristik so sicher ist wie Gebhardt, durfte es wagen, einen so stark auf die Spitze gestellten Moment zu schildern, einen Vorgang nur dadurch zu veranschaulichen, daß er seine Wirkung in zwei Menschengesichtern reflektieren läßt.

Auch als rein malerische Leistung gehören „Die Jünger in Emmaus" zu den hervorragendsten Schöpfungen Gebhardts. Es ist eines von den Bildern, bei denen er sich die Lösung eines schwierigen Beleuchtungsproblems zur Aufgabe gestellt hatte. Zu der himmlischen Helle, die das Gemach erfüllt, dringt von außen her der grelle Schein der brennenden Kerze und das Dämmerlicht des scheidenden Tages, das aus dem Flur durch die halbgeöffnete Thür in den Raum schleicht. Grelle Reflexe wirft auch die Flamme der Kerze auf das Antlitz, das Kopftuch und die weiße Schürze der Wirtin: überall ein unruhiges Spiel des Lichtes zwischen den Falten des Angesichts der Alten und ihres Leinenzeugs. Aber die koloristische Virtuosität, mit der dieses Hin- und Herflimmern des Lichts zur Erscheinung gebracht worden ist, macht sich nicht aufdringlich als ein Kunststück bemerkbar. Sie hilft nur die Wahrheit dieses ergreifenden Stimmungsbildes steigern, das nicht wie eine komponierte und erdachte Scene, sondern mit der vollen Anschaulichkeit greifbaren Lebens auf uns wirkt.

Feine koloristische Stimmungsreize enthüllt auch das letzte Bild des Künstlers, das kurz vor dem Abschluß dieser Charakteristik seines Schaffens aus seiner Werkstatt hervorgegangen ist: „Christus und Nikodemus" 1898. Im Dunkel der Nacht ist der Pharisäer, ein Greis von behäbiger Gestalt und stark gerötetem Antlitz, das mehr die Spuren fröhlichen Lebensgenusses als herber Seelenwein trägt, zu Jesu gekommen. Er findet ihn in einem kleinen Raum, der an die Studierstube eines deutschen Gelehrten des XVI. Jahrhunderts erinnert. Der Heiland ist von dem Lehnsessel an seinem Schreibtisch aufgestanden und hat diesen Platz dem Gaste geräumt, der sich darin niedergelassen und jetzt fragend zu dem Meister aufblickt, der sich mit dem Rücken an das Fenster gelehnt hat. Durch die kleinen Scheiben fällt das bleiche Licht des Mondes, der eben das den Himmel verdunkelnde Gewölk durchbrochen hat, in das Zimmer und begegnet sich dort mit dem warmen Schein der Lampe, der von dem Tische, an dem Nikodemus sitzt, ausgeht und diesen mit einem goldigen Schimmer umgibt. So dient auch die Beleuchtung dazu, um den Gegensatz zwischen der Unruhe des von Gewissensangst geplagten Pharisäers und der ruhigen Gelassenheit Christi, der dem Zweifelnden den Weg zum ewigen Leben weist, noch zu verstärken.

* * *

Ein Menschenalter hindurch haben wir das Schaffen des Künstlers begleitet, der zwar die Höhe seines Lebens längst überschritten hat, aber noch weit entfernt zu sein scheint, von der schon vor Jahrzehnten erreichten Höhe seiner Kunst herabzusteigen. Jedes neue Werk seiner Hand ist vielmehr eine volle Bethätigung seiner urwüchsigen Kraft, die zu immer erneuter, ja zu steigernder Bewunderung drängt. Wenn bei dem ersten Auftreten Eduard von Gebhardts selbst von denen, die seine Absichten zu verstehen suchten, die Befürchtung ausgesprochen wurde, daß seine altertümliche Neigung die Gefahr der Manieriertheit in sich trüge, so hat sich diese Befürchtung nicht verwirklicht. Der beständige Verkehr mit der Natur hat den Künstler davor bewahrt und ihn in jugendlicher Frische erhalten. Vor allem aber hat er gezeigt, daß die altertümlichen Kleider, in die er seine Gestalten, die Träger seiner Gedanken, die Dolmetscher seiner Empfindungen zu stecken beliebt hatte, keine auf bloßen malerischen Effekt berechneten Maskenkostüme waren, sondern daß es ihm mit der Erneuerung der heiligen Geschichte im Spiegel altdeutschen Volkstums und darüber hinaus mit der Erneuerung des religiösen Gefühls unserer Zeit durch die Einwirkung der Kunst heiliger Ernst war. Er sah um sich herum in Deutschland und später auch in Frankreich und Belgien eine neue Art religiöser Malerei erstehen, die anfangs von der seinigen aus- in eine uns noch verhältnismäßig nahe, aber doch schon zur Geschichte gewordene Vergangenheit rückte, wurde in das grelle

Abb. 72. Die Auferweckung des Lazarus (1896).
Photographie-Verlag der Photographischen Union in München.

zugehen schien, aber bald Wege einschlug, die von der Kunst abwärts zur Tendenz führten. Was Gebhardt dadurch gewissermaßen verklärte und idealisierte, daß er es Licht der Gegenwart gestellt, wobei man sich wohl auf das Beispiel Gebhardts berief und dasselbe Recht, was jener für das deutsche Mittelalter in Anspruch genommen hatte, auch für unsere Zeit forderte. Wir haben es erlebt, wie schnell diese Richtung der Malerei, deren Vertreter anfangs gewiß von der besten Absicht erfüllt und begeistert waren, einen scheinbaren Höhepunkt erreicht hat, um dann ebenso schnell wieder aus der modernen Kunstbewegung zu verschwinden. Wir haben gesehen, zu welchen Übertreibungen sie geführt hat und wie zuletzt gute Absichten von leichtherzigen Spekulanten, die mit allen modernen Strömungen mitgehen, zu einem frivolen Spiel mit dem Heiligsten gemißbraucht worden sind. Gebhardt hat sich durch diese Modeströmungen nicht beirren lassen. Mit zäher Beharrlichkeit hat er an der Erkenntnis festgehalten, die ihm in seiner Jugend aus der Betrachtung der damaligen religiösen Malerei als eine für ihn unabweisbare Notwendigkeit erwachsen war, und während er die Modeströmungen um sich herum wieder vergehen sah, hat sich seine starke Kunst durchgesetzt, weil hinter ihr eine kraftvolle Persönlichkeit steckte. Unsere Zeit aber ist so geartet, daß das Persönliche in ihr wirksamer ist als große oder neue Gedanken, und der Macht seiner Persönlichkeit, die das fremde Gewand seiner Kunst allmählich mit neuem, eigenem Leben erfüllt hat, verdankt es Eduard von Gebhardt, daß er nicht nur vielen, die ihm anfangs mit Befremden oder gar mit Abneigung gegenüber standen, ein vertrauter Freund geworden ist, sondern daß er auch in einer Zeit, wo die Schätzung der künstlerischen Werte eine fast völlige Veränderung erfahren hat oder doch stark ins Schwanken geraten ist, von diesen Schwankungen unberührt geblieben ist und seine künstlerische Stellung unangefochten behauptet hat. Was vielen aber in Gebhardts Wirken als das Höchste erscheint, ist, daß die innige, leidenschaftliche Beredsamkeit, mit der er aus seinen Bildern zu uns spricht, die Teilnahme unseres Volkes an der religiösen Kunst, die ihm unverständlich und gleichgültig geworden war, wieder zu neuem Leben erweckt hat.